パール文庫

七つの蕾

松田瓊子 著

真珠書院

目次

一、二つの子供部屋

冬の夕陽は、真紅に燃える玉のように、彼方《かなた》の山に落ちて行った。

紫に黄昏《たそが》れる箱根や富士を背にして、静かな波の寄せ返す七里ケ浜の渚づたいに、学校帰りの二人の少女が、冷たい風に外套《がいとう》の襟を立てて、楽しげに語り合い乍《なが》ら音無橋の方へ辿っていた。

「今日が済んで、私もうすっかりのびのびしてしまったわ」

「もう後は遊ぶ事だらけよ。ほら、音楽会でしょう、クリスマスの劇でしょう、次にはお正月でしょう！」

梢《こずえ》は浅黒い頬に一際目立つ白い綺《き》れいな歯並を見せて笑いながら持っていた包を勢いよく高く投げて、受け止めた。

「試験のすっかり済んだ後の気持って、何んとも言えない、いいものね」

色白で小柄の黎子《れいこ》がしみじみと言うと、

「試験の最中蒼い顔して机にしがみついてばかりいたカマボコサンは誰だっけ」

梢は可笑《おか》しな顔をして見せたので、黎子は笑いながら首を振った、

「よそうよそう、試験の話なんか」

「今夜から又、劇の事考えなくちゃ、家のクリスマスもあるからとても忙しい、試験の時より反って忙しい位よ、サユリが劇作者、私が舞台監督」

「コッチャンの所いいわ、四人も役者があって、相当いろんな事が出来るもの」

「そうでもないの、でも今年こそ黎子ちゃんに来てもらおうと思ってるのよ、あなたはほんとにうまいんだもの、私ったらね、喜劇しか出来ないって言われるの、一寸《ちょっと》悲劇的なのするとね、ママが可笑しいからやめてくれやめてくれって言うのよ」

梢は少し恨めしそうに言った。

「でも、コメディは貴女に限るって皆云うわよ」

「そうかなア」

梢は又包を投げた。

音無川の川口に来た時、夕映雲が綺麗な流れに映っているのを見ながら、二人はも一度後退《あとずさ》りをして、走幅跳の要領で勢いよく川を飛び越えた。

川の傍の砂丘の上の小高い松林の中には梢の家が見えて居る。

「黎ちゃん」

「え？」

「もうカマボコとは縁を切るのよ、そしてうんと遊ぶのよ」

黎子は梢の真面目《まじめ》な顔を見上げて、

「大丈夫よ、遊んでばっかりいるわよ、いつだって」

「うそうそあなた体がたまらないじゃないの、私のようにアバレ馬ならいいけど。ピアノもあまり叩かないで、うんと私の家に来るのよ、又前のように丸く肥《ふと》るのよ」

「はいはい」

黎子は梢のあさ黒い顔が少し怒ったようなのを見ると素直にうなずいた。自分のか弱い身体をいつも心配していてくれる梢の気持をよく知っているので。

「送って行こう」

梢は自分の家の前の砂丘に来た時言ったので、黎子は急に走り出しながら、

「いいのいいの、だってあなたもこれでしょう」

黎子は後をふりむいてお腹に手をあてたので、梢は笑いながらコックリした。

「サユリによろしく」

黎子が橋の上から帽子をふって叫んだ。

「ジョッペにもナコにも」

梢はうなずいて見せた。

黎子は笑いながら青い外套の裾を乱して駆けて行った。

梢は口笛を吹きながら砂丘をのぼって、小さい庭に通じる枝折戸《しおりど》から家に入って行った。

「ただ今」

梢のアルトの凛々とした声が小さい家中に響き渡った。

「おかえり」

色の白いふとったお母様が、庭から声をかけて、家の方を指さした。早く行って見て御覧と言って居る様子である。

居間のドアを開けると、梢は目を丸くした。

「あら、ジョッペ、ナコ」

部屋にはストーブが真赤にもえて、椅子や机をよせた中では、譲二《じょうじ》とナナがお父様の帯やお母様の古いショールを頭や身体中に巻きつけ、ペール・ギュントのレコードをかけて奇妙な踊りをおどっていた。

「一体、なァに始めたの？」

「アラビアのおどりだよ」

譲二は布の中から梢そっくりの色の黒い顔をのぞかせて、そう云いながらおどり続けている。

「誰におそわったの？」

「専売特許さ、ね、ナコ、二人の発明だね」

「そうよ」

ナナは鏡の前ばかりで踊るので、布が足に巻きついて、とうとうお尻餅をついてしまった。

「クリスマスの劇の中に入れるんだよ、ねえナコ」

「ふーむ、姉に似てなかなか頼もしい」

梢は満足そうに頷いて、次の間の書斎のドアを開けると、つみかさなる本棚、本箱の間にうずもれるようにして、隣りの部屋の音楽も、どたんばたんも一向無頓着に、父が書見していた。

「ただ今パパ」

梢は元気に声をかけたが、父は耳に入らないらしく返事がない、こんな事になれっこになっている梢が、ドアをしめて行きかけると、

「うむ、おかえり」

と一人言のように言っているのが聞えた。

夕食後の二階の子供部屋をのぞいて見よう。

其処は十二畳の日本間で、窓の下に大小四つの机がずらりと並び、二つの電灯、二つの大火鉢、四つの棚、それに大きなタンスまで備えた、いかにも明るい部屋である。お話を進める前に今丁度《ちょうど》四人姉弟のそろったところをスケッチしよう。

一番端の机には、草場家の次女の梢が一心に劇のセリフを暗誦している。十五歳の色の黒い背の細長い少女だ。つやつやしたおかっぱの下の眼の表情は絶えず変って、真面目になると思うと次にはしかめ、次には素晴らしい思いつきに活々《いきいき》とおどり出す。元気一杯な、さっぱりした性格で、あまり机に向った事はなく、浜の松の木の下や、砂丘の日向《ひなた》などが勉強部屋のようだ。だから机の上も本やノートが一杯で、物を書く丈《だ》けの場所のあいてる事なんか珍しい。

お隣りの机では長女の百合子が綺麗にかたづいた机の上に、原稿用紙を広げて脚本を書いている。うつむいた頬のあたりが、バラ色に輝いて、ポチャポチャした可愛らしい感じの十七歳の少女である。背丈は妹と同じ位、白い丸い顔がいつもすぐ笑い出す。小柄で白くて可愛いので妹も弟も何時の頃からかサユリ、サユリと呼ぶようになった。机の上には小さいお人形や、花かごや室《むろ》咲きの花が香っている。

次は末っ子のナナの小さい机で、お伽噺《とぎばなし》の本とお人形で一杯になっている。皆に、ナコとかナコチャンとか呼ばれているこの子は十一歳で誰からも可愛がられている。面白い明るい子だ。おはねさんだが何処か感じ易くて涙もろい。サユリのように頬の赤い、色白の小さい子である。

梢のコッペとよくつつき合いをするので、ママのお計らいで梢と一番遠い隅の机を当てがわれて居るのは、十二歳になる譲二だ。机の真中には顕微鏡が置いてあり、引出しには一寸でもナナの前で開けようものなら、大変な騒ぎになるような蝶《ちょう》やかぶと虫、蜻蛉《とんぼ》や、沢山の虫が、昆虫針で止めてあった。ナナはよく言う、「ナコチャン、ジョッペみたいに好きなお兄ちゃまはないのだけど、あの蝶々やとんぼをつかまえて、ピンで背中をつきさすのさえ止めたら本当にありがたいんだけど――」と。二人は年子なのにそれは仲よしだった。けれど、ナナにはこの机の中が家中で何より恐しかった。今も譲二は何かしきりに昆虫の絵を書いている。梢の弟丈けに色の黒い眼の丸い子だった。姉妹の愛称はジョーだのジョッペだのである。

四人の姉弟は言語学者で無口な父の草場正巳氏と、明るい母と共に、小さい時からこの海辺の家に育ち、毎日を楽しく明るく過していているのだった。

「サユリ、私のね、うんと滑稽なセリフだの動作だの考えて書いてよ」

梢が百合子の原稿用紙をのぞき込みながら云った。

「ナコチャンの役ね、綺れいなプリンセスか、沢山おどる女の子にして」

ナナも向うから首をのり出して来た。

「むつかしいな、役者の注文通りにしたら、思うように書けないもの」

サユリはペンを置いて、頬杖をつきながら言った。

「ねえ、サユリ、何か悲劇がしたいねえ。見物人が泣き出しちゃうようなのさ、そんなのしたら愉快だろうなァ。私ね、パパなんか、こう感激させて泣かせて見たくてしょうがないの」

梢は眼を輝かせて言うのでサユリは笑い出した。

「まあ、コッチャンたら！　私達にそんな事出来るもんですか、そんな野心おこさない方が安全よ」

「コッペが悲劇なんかで人泣かせたら、僕逆立ちして、浜づたいに江の島まで行って見せるよ」

譲二が向うからのり出して来た。

「言ったな、ジョッペ」

梢が顔をしかめて弟をにらんだので皆笑い出してしまった。

「だって、私達みんな喜劇的に出来ているのよ」

そう言ったのは百合子だった。

「みんな、勉強はいいの？」

その時ママが部屋をのぞいて声をかけた。

「えええええ、今日で何もかも片づいたの」

「サユリも」

「ジョーも」

「ナコも」

四人共、明るい顔を仰いで口々にそう言った、ママはこっくりこっくりして、

「じゃ又、今夜から寝る前のお角力《すもう》が始まるのね、お火鉢丈け気をつけて頂だいよ」

寒そうに袖をかき合せて下へ行くママの後を追うように子供部屋から子供等の笑い声があふれて来た。


一方、あの夕映の美しい音無川で梢と別れた黎子の後を追って見よう。黎子がも一度電車に乗って五・六分もして長谷《はせ》の停車場につくと駅の前にはもう黎子の帰りを待って、ピ

カピカ光るリンカーンの前に、運転手が片手でドアを開け、片手に帽子を持って、いとも丁重に、黎子を迎えたのだった。

自動車はシートに深々と身体を埋めて、じっとしている黎子を乗せて、ペイブした広い白い鎌倉山の自動車路をしずかに登って行った。東の畑はもう紫色に黄昏れて、西の落葉樹の林の下が赤く燃えていた。

自動車は間もなく、壮麗な日高家の門に吸込まれるように滑り込んだ。玉砂利の白い道の向うには、高い屋敷の窓が黄昏の光に冷たく閉されて光っていた。

黎子が玄関に下り立つと、もう女中達は広い冷たい板の間に、手をついて迎えていた。

「おかえり遊ばしませ」

黎子が軽く「ただ今」を言いながら、女中達の間を通りぬけると、廊下の向うから家政婦の五十嵐さんがお釜敷のような髪の下から、いつものきつい顔をして、黎子の前にやって来た。

「お嬢様、また、大層おそくいらっしゃいましたね、学校のお帰りは真直にお帰り遊ばさなくては――」

五十嵐さんはもう五十歳以上の老婦人で黎子の祖父母の頃からこの家の家政を見ている人だった。黎子は困ったように、

「でもね、今日やっと試験が済んだから、一寸浜を歩いて来たの」

「おや、お嬢様がでございますか、まあ飛んでもない！　お道草など遊ばすものではございません」

五十嵐さんに暗い顔を見せられると、黎子のさっきまで輝いていた顔は一寸曇った。

「小《ちい》さまがお待兼ねでいらっしゃいます」

「あ、そう」

黎子は妹の事を想うとすぐ小ばしりに広い美しい階段を登って行った。

「お姉ちゃま！」

階段の真ん中で、黎子は上からころがるように降りて来た小さいこのみにしがみつかれて動かれなくなった。

「もう試験なしでしょ？　もうみいみと遊んで下さるでしょう？　ずうっと？」

このみは友禅の赤いげんろくの袖を黎子の腕に巻きながら、つぶらな黒曜石《こくようせき》の瞳を見上げて、熱心に斯《こ》う言った。

「えええ、もう今まで試験に使った時間は今日からみんなみいみに上げてよ」

黎子は、自分をこんなに必要としている小さい妹を見て、真直に帰って来なかった事を少し後悔しながら、やさしく言った。

「ピアノも、もうあんまりしないでみいみといつも遊ぶのね！」

「ええええ」

お姉さんの答えに満足して、このみは黎子の手にぶら下りながら二人は元気よく部屋へ入って行った。

その夜、炉の火の赤々と燃える居間で、黎子は父に望まれるままピアノにむかって彼女らの母がよく弾いていたと云うシューマンのコンソレイションを、しずかに弾いていた。ソファーではこのみを抱いた父が小さい娘の黒ビロードのようなつやつやした髪にそっと顎をのせて、じっと耳を澄まして聞入っていた。その部屋は如何《いか》にも広く、美しかった。外国を巡り歩く父が集めた各国の人形や置物や、絵などで一ぱいになっていた。

ピアノを弾き終って、黎子が父や妹の傍に来た時、父は頭を上げて、

「黎子がいつもこうして父様やみいみと一緒にいてピアノを弾いたり、お話をしたりするといいねえ」

「ほんとう！」

このみも黒い眼を上げて、心から賛成の意を表した。

「ええ、これからはもういつだって御飯の後は此処に御一緒に居るわ」

黎子は小さい妹ばかりでなく、父までが今まで部屋にとじ籠っていたのを少なからず淋

しく思っていた事を知って、自分の心なさをひそかに悔いた。

「そう、そう、今夜はお話して置く事があったよ」

父は胸のポケットから大きな白い洋封筒を取り出しながら言った。

「何んですの？」

「英語のお手紙よ」

「そうだ、今日突然、リオデジャネイロから、この手紙を受け取った時は一体何かと思ったのだよ、――さァ何処から話し始めたらいいだろうね、――お前方のお母様の従妹《いとこ》になる方が、もう八年も以前にフランスに行く途中、船が難船して亡くなった事は知っていたね？　その方には今年十一歳になる男の子があったのだ、その男の子――靖彦とか云うのだが、――その子を連れて、お父さんは方々世界を巡り歩いているうち、病気になって亡くなられたのだ。そして、その遺言に、靖彦を是非、日本に帰して日高家に送ってくれるようにとの事だったそうだ。靖彦君の父さんは東条さんと云って、父様が五年前にベルリンで一度逢った事がある。それは仕事に熱心な方で、家事はヘレンと云う姥《ばあ》やが居て、坊ちゃんはその姥やに赤ん坊の時からまかせてあったそうで、この手紙も、そのヘレンから来ているのだよ。今、自分はこの坊ちゃんとお別れするのはつらいが、御主人の遺言だから、近いうちに日本に帰る友人に託して、送り届ける事にしたと云うのだ」

「まァ、お父さま、じゃ、じゃ、その靖彦ちゃんと云う人はみいみのお家に来るの？」

このみは何時の間にか父の膝からすべり下りて、父の顔をふり仰ぎ、両手を父の膝にのせ息をはずませて問うた。

「ああそうだよ、みいみうれしいかい？」

父は、小さい娘の両手を握って、口元にやさしいえみを漂わせながら斯う静かに言った。

「うれしいわ！　みいみお兄ちゃまが出来るでしょう？　お姉ちゃまの学校の時だって、みいみその小さいお兄ちゃまと遊べるでしょう？」

このみの静かな眼は活々と輝き出した。

「何時頃、お父さま？」

黎子は妹の喜びにさそわれて、自分も楽しいうきうきした気持になりながら聞いた。

「多分、春になるだろう。すぐ承知した旨を書き送ろうと思っているが――あの気の毒な従妹とお母様とは本当に姉妹のように親しかったのだから、亡くなった母さまもきっと、靖彦君をお前達の姉弟にする事をよろこんでくれると思っているよ」

父は静かに言いたして、このみの頭を撫でた。自分を見上げているこのみの様子が、この子が生れるとすぐ亡くなった母親そっくりなのが愛しそうだった。

「その坊ちゃん、どんな子かしら？　いい子だといいわねえ」

「あ、そうそう写真があったよ」

父は黎子の言葉に思い出したように膝の上の封筒から、少年の写真を取り出した。

「まァ！　可愛い！」

黎子は思わず声を立てた程、それは美しい少年であった。

「小公子のようだろう？　お父さまは、この子の極《ごく》小さい時しか知らないが、実に可愛い子だったよ、バラ色の頬をして、眼の大きい丸々した子だった」

父と娘達は顔をよせて写真に見入った。

「どうして、こんな小さいのに父さまがお亡くなりになって、一人でよその方と日本になんか来られるんでしょう⁉」

このみは目を大きく見張ってしみじみと言った。

「そうだね、この子は小さい時から、ヘレンに育てられて、父さまのお仕事の都合で世界中巡り歩いているから、航海にはなれているんだろう。でも、お父様が亡くなって淋しいだろうねえ、此処に来たら、黎子とみいみでやさしくしてお上げ、決して淋しくないようにね」

斯う言うお父さまに、このみは深く頷いて見せた。そして、しばらくかわるがわるに父と黎子を見守っていたが、

「お父様は何時までだって、お姉ちゃまやみいみと一緒に居るのね」

「ああ」

父は軽く頷いて、このみのあまり熱心な様子に微笑した。

その時ドアが開いて、五十嵐さんが、このまどいとは凡《およ》そかけはなれた、きつい顔を現わした。

「もう八時でございます。小《ちい》さま、お休みの時刻でございますよ」

「もうー、ねえ、もう少し、もう三十分いいでしょう?」

このみは、少しつまらなそうに、父と五十嵐さんを見比べていた。

「今夜は土曜日だ、三十分位ならいいだろう。せっかく黎子もゆっくり出来るのだから――」

「いいえ!　御時間をお守りにならなくてはいけません。お小さい内からその習慣をおつけにならなくてはいけません。さァ、小さま、お休みになるのでございますよ」

五十嵐さんはやさしい父の言葉をさえぎって、言い切った。

「お休み、みいみ。明日は日曜日だ。沢山遊べるよ」

悲しそうに父を見上げているこのみを抱き上げて、父はやさしく頬ずりをしてやるのだった。

「みいいみを寝かしてからすぐ又参りますわ」

「ああ、そしてお茶でも入れさせよう。みいいみはまだ姉さまの子守唄がなくちゃいけないのかね」

「そうなの、この間中は私忙しかったもので一人で寝てくれたから、もう今夜から又ついていて上げるって、お約束してしまったの」

「早く行っておやり、又五十嵐さんに説教でもされて、赤ちゃん泣いていると可哀そうだ」

父の微笑に送られて、黎子は二階に登って行った。

「よろしうございますか、大家の姫様は、ちゃんとお手をそろえて、『お父さま、お休み遊ばせ』としずかに、仰言《おっしゃ》るものでございます。今から、淑《しと》やかに遊ばさないと大きくお成りになってからではむつかしいものでございます――」

部屋の中からは案の定、五十嵐さんのお説教口調が聞えていた。黎子はたまらなくなって、入るなり、

「あ、後は私がするからいいのよ。鍵も電気もよくしておくから誰もよこさないでいいわ」

五十嵐さんは「一人でお休みにならなければいけないのだが」とブツブツ云いながらも

丁寧に夜の挨拶をして出て行った。

このみは黎子の顔を見ると大にこにこで、いつもの通り、壁にかかっている大きな母の写真の前でお休みを云って、黎子に助けられてベッドに入った。

「いいお姉ちゃまねえ、みいみ、忘れて来て下さらないと思ったの」

しみじみうれしそうに言うこのみを、黎子は布団《ふとん》を上から軽く叩いてやりながら、

「だって、みいみとさっきゲンマンしたじゃないの。ほら、何んと言ったっけ、お約束やぶると、指がちょん切れるって」

このみは声を立てて笑い出した。

「しッ、みいみ、五十嵐さんが来るわよ。そらそらそんな大きな眼々していちゃ、いつまで経っても眠られないわ――さァ今夜は何んのお話しようかな」

黎子は、やっと口うるさい家政婦や、家庭教師等から離れて、学校に居るような気楽さで話し出した。

「ねえ、ホラ、あの海辺のお家に住んでいるコッペ様のお家のお話してよ」

「まァ、みいみ！　コッペ様ですって!?」

黎子は真面目な妹の顔を見て、梢のおどけた顔を思い出してふき出しながら、

「コッペでいいの、そうでなかったらコッチャンよ。そうそう明日コッチャンに話して上

げよう。うちのみいみときたらコッチャンの事コッペさまって珍しがっているって——」

「だって、みいみ、本当に不思議なの、そのジョッペ様だのナコ様だのって外国語の名前で呼んだりお家中でお芝居したり、みんなでお角力とったり、お庭の隅に小屋つくって、その中に住んだり——まるで本当にある事じゃなくてお話のようなの」

　このみの眼はますます大きくなって行く。

「ええ、私達には本当にお話のようなのよ。でも本当なの。今度きっとお父さまにそう云ってお願いして、みいみも連れて行って上げましょう。さ、お目々つぶってね。今夜は、その何んのお話しましょうか。サユリ、コッペ、ジョッペ、ナコチャン——」

　寒い静かな夜だった。青いスタンドの光にてらされたこのみの寝室は、お伽噺の国のように美しい贅沢なものだった。けれど厚い羽布団に包まれた小プリンセスのようなこのみの頭は、古い木片《きぎ》れで豚小屋を建てて遊ぶ、不思議な子供達の事で一杯だった。

二、受験さわぎ

「まァ、サユリ、何んだって、そんな蒼い顔してるの？　お正月早々、机にかじりついたりして！」

手に息をフーフー吹きかけながら、雪の外から帰って来た梢《こずえ》は、二階の部屋に一人ぽっつりして勉強している姉を見て、思わず大きな声を挙げた。百合子は力ない声で、

「やっぱり、決心したの」

「何を？」

「やっぱりね、受けて見ようと思ったの」

「受けてって、――じゃ、英学塾の入学の事、決心したの?!」

驚いている梢の顔を見上げて、百合子は少し恥かしそうに「うん」と云った。

「驚キ、桃のキ、さんのうの木――」

梢の少しおどけた口調を継いで百合子は、

「ブリキにタヌキに——でしょう。だけど、物はためしよ、私どうせ駄目だと思うんだけど、——今頃から、仕度《したく》するなんてねえ——」

「ちがうちがう。私が驚キって云ったのは、その意味じゃないのよ、大丈夫サユリなら入れるにきまってるわ。ただね、十二月の始めまでてっきり入るつもりだと思ってたのに、皆がおしがるのにクリスマス近くなると、断然止めるって云って、ジャンジャン遊び出して劇の事で夢中になってたのに、今日はまるで人が変ったように蒼くなっているんだもの、——でもあなた英語の方だったら自信大ありじゃないの？」

梢は火のカンカンおきた大火鉢を、かかえ込むようにしながらしゃべり出した。

「英語の方はまァいいとしてもね、数学と来たら、なってないんだもの。コッチャン入るなんて思っちゃ駄目よ。いやよ。私こんな事なら、始めから受けるつもりで居ればよかった」

百合子は何時になくしょげ返って、机の上の教科書をパラパラとめくりながら溜息をついた。

「サユリらしくもない、大丈夫入るわよ。そんなにくよくよするんならいっそ止めちまえば——そしてお正月だものうんと遊ぼうよ？」

「だめだめ、そんな事云って誘惑しちゃいけないわ。そうでなくてさえ、私ときたら何一つ思い立った事が出来ない人なのだもの。兎《と》も角《かく》も出来る丈《だ》けやって見る事にしたの。ゆうべも私考えたらつくづくなさけなくなったの。そして、決心したの」

「ふーむ」

梢は百合子の真面目な顔を見て、感心して唸《うな》った。

「でも、私もし落ちたらもうあきらめるの」

「あきらめるって？」

「学校に入るのを」

「じゃ、女学校卒業したら、もう上の学校に入らないの？　女子大にも？」

「うん、だって、そんなぼんくらじゃ、勉強したって仕方がないもの。お針でもして、家でママの手伝いをして暮らすわ」

百合子がすっかりしおれているのに、梢は目を見はって、大真面目で聞いた、

「あなた神経衰弱になったんじゃない？」

「何故？」

百合子は吃驚《びっくり》して梢の顔を見た。

「だってほんとのサユリはもっと元気でアンビシャスだわ。まるでお婆さんみたいな事云うじゃないの？　英語塾に落ちたって、他にまだいくらも学校があるわ。誰に義理たてて

あきらめて、お針するの？　パパやママだって勉強した方がいいって云うのに、サユリみたいにいい頭持っていて……」

　梢はこわい顔をして百合子を睨んだ。

「ごめんごめん」

百合子は首をすくめて、両手で頭をかかえてすっかり降参してしまった。

「サユリとコッチャンは何処？　お部屋なの？」

その時、階下からママの大きな声がした。

「ハーイ」

二人は火鉢にかじりついたまま、大声で答えた。

「まァまァ大きな声だこと、鎌倉山まで響き渡りそうよ」

ママは節《ふし》をつけてそう云いながら外出の支度をして部屋に入って来た。

「お出かけ？」

「ええ、一寸《ちょっと》、お祖母ちゃまの処に御年始に行くの。それでね、あなた方にお留守を頼もうと思って。パパは今夜研究会の方で新年会で晩《おそ》くお成りになるし、マサは今日荷物が一杯なので私手伝ってもらって、ついでに一寸家によらせるからね。ママは今日はゆくりお祖母ちゃまとお話して来るから、いいでしょう？　お留守居を頼みますよ、御飯を又たいてね、おかずはお重箱にあるから――」

「行ってらっしゃい」

「万事引受けます」

二人の娘が口々に言うのを聞いてママは、

「ありがと。じゃサユリも少しは遊んで息休みなさいよ、大丈夫よ。ちびさん達もお台所手伝うそうですからね――」

百合子と梢はママを見送りに立って行った。

母は時々こうしてお台所を娘達に開け渡して、鎌倉山にいる草場氏の母堂を訪ねるのを大きな楽しみにしているのだった。

「黎ちゃんの家、お祖母ちゃまの家の近所だって云うじゃないの？　コッチャン」

「そうよ、すぐだ――ママと一緒に行こうかな」

「いいなァ！　ナコも行く――」

「まァ、コッチャン――ママが今日はお留守を頼んだのに――」

ママが恨めしそうに言ったので、梢は大急ぎで打消した。

「うそようそよ、行くもんですか、今のは話さ。黎ちゃんには逢いたいけれど、あそこの家に行くと、ほら、ミス・オカマシキが、まるで人間が違うみたいにジロジロ見るんだもの、たまらないの、それに、私がいつもあの子を浜に連れ出すものだから、不良少女だと思って恨まれているらしい――」

「違うよ。そのミス・オカマシキとかはイタリーびいきなのさ、コッペがエチオピアから出て来たと思うからにらまれるんだよ、きまってらァ」

譲二がいつもの調子で口を入れたので、又二人は玄関でお角力《すもう》を演じる事になった。

「まァまァ、お願いだから花瓶をひっくり返さないでよ」

ママは四つの「いってらっしゃい」「よろしく」の声の中に女中のマサをつれて小雪ふりしきる外に出て行った。

古い柱時計が五時を知らせると、梢は前掛を懸けて、ノートを持って台所に下りて来た、

「ジョッペ、ナコ、非常召集！」

しんとした家の中に梢の声が響くと、間もなく二人の子は、ふるえながら台所に顔を出した。

「随分静かだったね、何して遊んでたの？」

「炬燵《こたつ》だよ、ママの部屋で丸くなってたの、寒いなァ」

譲二とナナが赤々と燃えた煉炭《れんたん》ストーブに手をかざした。

「子供のくせに不名誉だな、サユリなんか火なしで勉強してるよ、――さ、手伝ってね」

梢は御釜を火にかけて、二人を顧みた。

「何か御馳走造んの？」

「うん、寒いから、私腕をふるって、スパニッシュ・シチューを造るの。尤《もっと》も、このお料理のノートはサユリのよ」

梢は笑いながら、ノートを開いて読み出した。その間にナナは自分も小さい前掛を懸けて、譲二にはママの割烹着《かっぽうぎ》を持って来て、着せてやった。

「ふァ！　ママはでぶだなァ、僕が三人入れる位、ブカブカだ」

譲二は長い、ダブダブの割烹着をひきずって、歩きながらとん狂な声を上げた。

「ジョッペ、あなたトマトケチャップの栓を開けといて、ナコは野菜籠の中からジャガイモ大きいの一ツと玉ねぎ大きいの二ツ出してよく洗って」

梢の命令に二人はよく立働いた。

百合子が台所に下りて来た時には、もう御飯も出来て、梢が糠《ぬか》味噌の中から大根をつまみ上げ、ナナがお膳立てをし、譲二はグツグツ煮えている鍋の前に立って、しきりにトマトケチャップの瓶をふっていた。昔風な広い台所は火とゆげとで暖かかった。ガラス戸はすっかり曇って、外には雪の降っている事もわからなかった。

「御苦労さま、御免なさい、私ひっこんでいて」

暖かいゆげとシチューのいい匂いの中に働いている楽しそうな妹達を見て、百合子はニコニコして云った。

「ううん、でも、そのかわり、今夜丈けは私達と遊ぶのよ」

「ええ、そうするわ。コッチャン、あのノートわかった？　まァ、おゝ、つゝけゝもの出すなんて感心なのね」

「サユリ、助けてくれよ、こいつ奴《め》、いくらふっても出て来ないよ」

譲二が瓶を持ったまま、なさけなさそうにふり向くと、白い前掛に一杯ケチャップのしぶきがかかり、その飛沫《しぶき》が額や頬にまで付いている。

「あらまァ！　ジョッペったら！」

皆思わず、笑い出した。

「いやだなア、僕この仕事が一番楽で、あったかいと思ったんだけど——」

百合子の手にかかって一寸斜《ななめ》にした瓶から、ケチャップは少しもとばずにおとなしく、お鍋の中におさまった。

台所の真中に据えてあるテーブルで四人は食事についた。御飯はこげて少しかたかったし、シチューは少し塩からかったけれど、フーフー言いながらスプーンを運ぶ子供達にとってこんな愉快な食事はないのだった。

「もう少し塩を加減すればよかったな、まずい事しちゃった」

梢は水をガブガブ飲みながら言うと、ナナは向うから、

「おいしいわよ」

「これ丈け出来れば上出来だわ」

百合子は譲二のおかわりのお皿をよそってやりながら、妹の手並《てなみ》をほめた。

「ねえ、こんな冬の寒い夜なんか、台所で、こんな桜の木をきって造った、不細工な椅子にかけていると、私ふッと自分達がスイスの山小屋にいるような気がしてたまんないの、又そうしたつもりになって、いろんな事空想するのって大好きよ」

暫くしてから梢がこんな事を話し出した。

「コッチャンもそう？　私、この間『ハイディ』（ヨハンナ・スピリ原作）読んだら、スイスに行きたくてたまんなくなっちゃったの」

小さいドリーマーのナナが向うから顔を輝かせて言った。

「ああ、そうそう私もあれを読んだ時、つくづくスイスに一度行きたいと思ったわ、まるで、詩みたいに綺れいに書いてあるんですものね。ほら、夕映で雲も山も真っ紅に染まる景色だの、花の咲き乱れた所だの、山羊飼いのペーテルだの、可愛い山羊だの、冬ね、雪の中を橇《そり》で風のように麓に下りて行く所だの、高い樅《もみ》の木が風にごうごう云っておどるの

を見て、その前でハイディもおどり出す所だの——」

百合子が一寸言葉を切ると、ナナはのり出して来て、

「それから、いい匂いのする乾草で、お床を造ってもらって、その中にすっぽり寝ると、頭の上の丸窓から月の光が流れ込んで来て、さ」

「そうそう、そうだったねえ!」

梢の眼はおどり出した。そして、

「行こうよ! 私達も、何時か、もっと大きくなってから」

「行きましょう! じゃ私、ナコも学校出てからね」

「素的《すてき》だわ! 言葉に不自由しないように、うんとドイツ語の勉強しよう!」

「そして山に小屋建てるのさ、この位の台所で、食器も、本棚もみんな置けて、居間兼食堂で、隅の方にお料理台や、流しがあるのね、そして梯子《はしご》で屋根裏に登るの、其処《そこ》が皆の寝室よ」

「いいわいいわ」

梢の設計に百合子はすすけた古い台所を見まわしながら楽しそうに頷いた。

三人の女の子は大急ぎで食事の後始末をしてしまうと、テーブルの廻りに集まって、火鉢に足をのせたり、ストーブに手をかざしたりしながら、語りつづけた。

「でね、その屋根裏の寝室は一杯いい匂いのする乾草を敷きつめようね、そしてきっと丸窓を造ってね」

夢中になったナナは、テーブルの上にのり出していた。

「まァ、ナコったら、丸窓と乾草に取りつかれているわ」

梢は、でも白い歯を見せて愉快そうに笑った。

「そして春から夏、秋にかけてはペーテルのように山羊を飼うのよ、家ではチーズやバターを造りましょうね、それはジョッペだって出来るわ」

百合子が斯《こ》う云ったので、皆譲二の方を見ると、譲二はテーブルの角で、昼間の遊びの疲れとお腹が一杯になったのとで、頬杖をついて、とろとろしかけていた。

「あら、ジョッペ、眠いの？」

「うーん、ああ、いいよ、僕も一緒に行くよ、でも、口笛とつゝの笛吹く事位しかないよ、橇とスキーは面白いなア、でも外国に行ってもファーブルが生きてりゃ面白いけど、——それに虫は日本が一番沢山居るよ」

譲二はねむそうな声で言った。

「ジョッペは本当に偉いのだけれど、美しい事がわからないのよ」

ナナは真面目な少し悲しそうな顔をして、いかにもお姉さんらしい口調で言ったので、百合子と梢は笑いをかみ殺して顔を見合せた。

「そんな事するかたわら、サユリは劇を書く事に精進するのさ。私は何にもする事ないからチーズの鍋でもかきまわして暮すわ。ナコはね、お台所するのなんかが好きだから御主婦さんをつとめるのね、そうそう、あの黎子も連れて行かれたらなァ——、あの子は本当にやさしくて勤勉なのだけど」

「まァ、私達まるで本当に行くつもりでいるのね」

「勿論、そうよ。何んだったら、パパもママも引っぱって行くのさ。何もかも売りはらっちまえば行けるわよ」

梢はこんなことを言い出すのだった。

「こうすればいいわ、冬なんかね、皆で火にあたりながら、レースを編んだり刺繍《ししゅう》をしたりして、ソリでもって山の下の村に売りに行くのよ」

「まァ、ナコ、いい事知ってるのね」

「私、お話で読んだのよ。冬は雪にとじ込められるから女の人は皆レース編んで売るの」

「いいわね」

「それからね、私達、羽根と羽子板持って行くの忘れないでね、それに百人一首を持って行ってもいいわ、スイスの山小屋から『淡路島、通う千鳥の鳴く声に……』なんて流れて来るなんて、古風じゃない？」

梢は自分の案にすっかり夢中になって、そのあさ黒い頬をぽっと上気させていた。火鉢の上のやかんはしゅんしゅん白いゆげを立ててたぎり、そのまわりの夢のお城を築く女の子等の頬はどれもどれもバラ色に、眼は活々《いきいき》と輝いていた。

銘々に美しい楽しい空想を画いて、一寸口を緘《つぐ》んだ姉妹の耳に、古い柱時計がものうげに鳴り出した。

ボン、ボン、ボン、ボン……

「八時！　大変だわ、私、勉強勉強！」

百合子は楽しいお話で一杯になっている頭を振りながらいそいで立ち上った。

「可哀そうねえ」

「スイスの楽しい生活から試験勉強の数学に帰って行くのか――」

梢も立ち上って真面目な顔をして、

「でもね、楽しい、いい事ばかりはないものよ。よく出来たものだわ。もし何もかも思う通りになって、楽しい事の連続だったとしたら、私なんかどんなになるかわからない。お調子に乗って、恐しい我儘《わがまま》がもっと増長するに相違ないわ――」

暗い廊下に出た時思わず見上げた天窓から、何時の間に雪が止んだのか、青白い月の光が一杯差し込んでいた。

「まァ！　丁度あれだわ、丸窓から月の光りが差しているところだわ！」

ナナは、寝ぼけている小さい兄ちゃまの腕から手を引いて思わず手を叩いた。

「知らない間に止んでしまったのねえ」

四人は窓を開けて首を出した。

夜の空気の中に四人の白い息が煙のように見えた。雪は二・三寸も積って、雲を破って出た月が、その上を蒼白く照らしている。動くものと言っては、棕櫚《しゅろ》の葉の影がブルブルとふるえるだけ、すぐ目の前の海も、遠い遠いところにあるように思われる程、雪の夜の波の音は静かだった。

「有《あり》がたい、明日は上天気だぞ、又みんなで雪合戦をしようね」

冷たい夜の空気にすっかり目の開いた譲二がうれしげな声をたてた。


「サユリ、貴女《あなた》、今日の日を忘れたの？　二十五日ですよ」

一月も末になった日の午下《ひるさが》り、ママは居間の隅に小さくなっている百合子を見つけて、驚いたように目を見はった。

「一時になりますよ。今すぐ出て行かなくてはおそいわ。発表は二時からでしょう？　ママは、もうとうに行ったのだとばかり思ってた」

「私、行かないわ――」

百合子は体を椅子にうずめるようにして、蒼い顔を挙げ、あわれな声で言った。

「どうして⁈　気分でも悪いの？」

ママが眉をひそめて聞くと、百合子は微《かす》かに頭を振って、

「ううん、どうせ、入っていないもの――」

「まァ、いやね、まだ何にもわかっていないのじゃありませんか、それに英語の方は出来たのでしょう？」

「でも数学が全滅だもの――」

百合子は、ますます椅子の中にちぢまって、小さい溜息をついた。

「どうして？　しらべて見たの？」

「うん、今朝思い切って出して見たの、そしたらね、そしたら――」

百合子は泣き出しそうな顔をしたが、

「時間が来たので、あわてて、単位をみんな一ツずつ間違えて書いて出してしまった事がわかったの――」

「まァまァ、でもいいわね。ね、英語の方で受かったかも知れないでしょう？　今日はマ

マが行って見て来ましょう。元気でいらっしゃいよ、女子大の方もまだあるのだからね」

ママは持前の明るさで、今にも泣き出しそうな百合子を力づけて、大急ぎで支たくをして出て行った。

夕方の暗ら暗らに梢が帰って来ると、家の中は電気もつかず、ひっそりしていた。

「サユリ！」

梢の大声がいたずらに響くばかりで、何んの返事も手応えもない。女中のマサが出て来たのをつかまえて、せききって聞いて見た。

「サユリ、どうだった、入った？」

「いいえ、まだ分りませんの」

「まだ帰って来ないの？　サユリ」

「はい、サユリ様でなく、奥様がお出かけになりました」

「そう、どうしたんだろうな。私が帰るまでにはもう家中で入学のお祝いでもして騒いでいると思って来たのに」

梢はすっかりあてがはずれて、妙に淋しい家の中を見廻した。

「で、サユリは何処《どこ》に居る？」

「旦那様の御書斎で御本を読んでいらっしゃるって、さっきナコ様が仰有っていらっしゃいましたけれど」

梢はカバンも帽子も投げるようにして、書斎のドアを開けてのぞいた。此処《ここ》には相変らず薄暗いスタンドの下で、父が一人背を丸くして、勉強しているきりだった。

「パパ、サユリは?」

「ふむ、帰ったか」

「いいえ、サユリは?」

「あ、サユリが入ったか」

父は始めて、此方《こちら》をふり向いて言った。

「まだわかんないのよ。パパ、サユリ此処にいたんでしょう?」

梢が少し大きな声で言うと、父は始めて梢の言っている事が解ったように、

「ああ居るよ、其処にいるだろう」

梢は父の指さす棚の後を見たけれど、本が二冊落ちている丈けだった。

梢は家中探し廻ったけれど百合子は、何処にも居なかった。

「ジョッペ、ナコ、サユリ外に出て行かなかった?」

梢が窓から首を出して、夕方のさむい庭で石けりをしている二人に声をかけた。

「サユリは家に居るよ」

「だって何処探しても居ないよ」

「書斎から二階に上って行ったよ」

「おかしいなァ」

梢は、三度目に、夕闇のこめた二階の子供部屋に上って行った時、目の前の押入れの戸がゴトリと気味の悪い音を立てた。びくりとして電気をつけると、さっきまで気がつかなかった押入れの戸が、五寸ばかりすいている。そっと手をかけて、思い切りガラリと開けると、丸くなった毛布がモゾモゾと動いている。驚きあきれている梢の前に、まばゆそうに眼を細くした百合子の白い顔がのぞいていた。

「サ、ユ、リ‼」

「……」

「まァ！　どうしてこんな所にかくれてたの？　私、心配して散々探しまわったのに！」

梢はおかまいなしに百合子の毛布を引きはがした。

「御免なさい、かくれてたのじゃないのよ、私どうしてもママのかえりを待ち切れなくて——気がきじゃなくて、居てもたってもいられなくて、どうしていいかわからなかったの」

百合子は妹に引ずりおろされながら言った。

その時外で譲二の甲高《かんだか》い声がした。

「ママが帰って来たよオ！」

「ほらほら手を振ってニコニコしている！　サユリ！　きっと入ったのよ！」

ナナの有頂天になっている、きれぎれの声――、

「サユリ！　行こうよ！」

走って行こうか、又押入れの中にもぐり込もうかと決しかねている百合子の手をグイグイ引いて、梢は、はずんだ球のように下へ降りて行った。

「まァ、よかった！　サユリ、貴女おっ、こ、ち、たどころか一番よ！」

娘達の顔を見ると、ママはショールを取るのも忘れて、はっ、き、り、と告げた。

「まァ‼」

「すごいなァ‼」

ぼんやりして立ちつくしている百合子を見上げて、姉弟の顔は一様にパッと輝き、口々に感嘆の言葉が爆発した。

「サユリ！　一番！　まァ！」

「彼処《あそこ》の試験むずかしいんだろ！　偉いんだなァ」

「でも本当かしら？」

百合子はまだ信じられないと云うように、それでも可愛い顔一ぱいエクボを漂わせて眼をパチパチさせている。

「ほんとですとも！　ママね、貴女がすっかり駄目だって、しょげているもので、大丈夫入ってはいると思ったけど、皆さんの後から、そっと発表の後の方から見て行ったのよ、さァなかなか、ないんでしょう、思い切ってフッと一番はじめを見ると、どうでしょう！

37番　草場百合子

ってチャント書いてあるじゃないの！」

ママの白い肥った顔も、うれしさにえみこぼれていた。

「サユリ、バンザーイ‼」

譲二がとび上って叫んだ、

「バンザーイ‼」

梢もまけずに叫んで百合子の肩を叩いた。

皆が気がついた時には、ナナは百合子の後で小さくなって、シクシク泣いていた。しきりに姉さんのベルトの先で涙をぬぐい乍ら——、

「ナコ、いやよ、又泣き出しちゃって」

「メソコチャン」

「まァ、ナコチャン！」

そう云って抱きよせた百合子の眼にも何かしら光っていた。

「マサ、大急ぎでね、お魚屋に行って鯛を人数分取って来て頂だいな、お台所の方は私がしておくし、急に間に合わないと思ったから、お祝いにお赤飯のおりを買って来たのよ」

台所の方からママの活々した声が響いた。

「あ、そうか、入ったか、それはよかったな。なに？　一番だと、そうか、それはお目出とう！」

書斎になだれ込んだ興奮した子供等にとりかこまれて、無口なパパも流石《さすが》に、にこりとして斯う言った。

その夜の草場家には、いつまでも赤々と灯がともり、ピアノの音や皆で歌う歌声や、時々、ドッとおこる楽しげな笑い声に賑わっていた。

三、冬の日曜日

日曜日の寒い寒い午後、パパとママと丈けしか入らないとされている、家の中の唯一の炬燵《こたつ》に、百合子が今日は『不名誉』になって、一人で本に読み耽っていた。「ママの部屋の炬燵に入るべからず」と云うのは元気な梢の言い出した事だった。炬燵にあたり出すと、きっとどの子もだらけて、勉強の時間をついおくらせたり、ママの言いつけに“I am going to”を何回もくりかえしたり、御飯がまずくなったりして、悪い事はあっても決してよい事はなかった。何時《いつ》の間にか姉弟の間には、炬燵に入る事を『不名誉になる』と言うようになった。

「不名誉な者は誰じゃ」

梢《こずえ》が障子の外から声をかけた。

「あまり寒いによって喃《のう》、まァそうきつい事を言わずと、許してたもれ」

百合子も真面目くさって答えて顔をあげるとガラリと障子が開いて、珍しくげんいんろくの可愛い和服を着て、両手を懐に入れた梢が、笑いながら入って来た。

「御書見にてあらせらるるか」

梢は本をのぞき込んだ。

「いかにも、仰せの通り」

「ふむ、何の書類でござるな？」

梢を見上げた百合子は、あまり真面目くさった妹の顔に吹出してしまった。

「ジェイン・エアよ、とても、いいわよ、よく書いているわ」

「誰の作？」

「シャーロット・ブロンティって女の人の作品よ」

「ふーむ、面白い？」

「そりゃ、もう、とっても、――小さい時から貧乏なのよ、そして慈善学校みたいなのに入るの、シャーロット自身の自叙伝だって云われているから、それは生きているし、この慈善学校のところなんか涙が出たわ、悲惨で、とても胸にせまるようによく書いてあるの」

百合子は本好きらしく夢中で話すと、梢も何時の間にか『不名誉』になって、炬燵に丸くなりながら、

「あなた読んだら読ませて。私そんなに真に迫ったのが好きだわ」

「コッチャンたら可笑《おか》しな言い方するのね、それはそうとね、このシャーロットに二人詩人の妹がいたのよ、一寸《ちょっと》有名な詩人だって云うけれど、姉妹そろって文才に秀でていたので、小さい頃からいろいろ論じ合ったり、自分達で雑誌みたいなもの発行したりしたのですって!」

「いいわねえ! 私達も出来ればいいけどなァ、文才ったらサユリ一人だもの」

「馬鹿ねえ、そんな事ってありやしない、あなただって作文や童謡は得意じゃないの?」

二人の姉妹は、炬燵の両方から殆んど頭をすれすれにしていた。

「そうそう、サユリに話すのすっかり忘れてたけれど、ほら、ずっと前の夜ね、雪の沢山積った夜さ、お台所でスイスに行こうって夢中になって話し合ったことあったでしょう、その時の事をね、この間『冬の夜』って題が出たから書いたのよ」

「そう? 素的《すてき》」

「ウウン、一寸も素的にならなかったの」

梢は顔をしかめて続けた。

「お点はよかったのよ、でも後の批評見てがゝかりゝしちまった」

「何んだって」

「こうよ、空想もたまにはいいかもしれないが、度々こう云う空想に耽るのは止めた方がいいだって、冷淡なのさ」

「何、何先生？　あなたの方」

「島田先生。ね、いい先生なのよ。だけど今度ばかりはがっかりしちゃった。私達のあの楽しい気持なんてまるで理解してくれないんだもの、まるでお婆さんみたいになっちまうわ、いいえ私お婆さんになったって、夢を描いたり、いつも楽しい空想だの、野心だのにもえているつもりよ、女の子達のやさしい夢だの、時には少しおかしいと思われるような空想だって一緒になって楽しんでやるわ、頭っからこんな空想止めた方がいいなんてふみにじったような事云わないと思うわ」

「私もそう思う、でもあの先生は特別、実際的な事がお好きだから仕方がないのよ。それに、あんまり空想にばかり耽《ふ》ける事が、時々女の子を途方もなく非常識にさせる事を忘れていらっしゃるのじゃない？」

　百合子は丸くなって、しゃんと腰をのばして考え込んでいる梢を見上げて言った。

「そうかなァ、兎《と》も角《かく》、私、大人の世界って随分かた苦しい、つまらないものだとつくづく思ってよ。その堅苦しいつまらない大人の標本はあの黎ちゃんとこのハウスキーパーのミス・オカマシキよ」

「まァ、いやなコッチャン」

「本当よ、よく私黎子《れいこ》がおとなしくしていると思って。そこへ行くとウチのママなんか面白いね、子供と一緒になって遊んだり、出来もしないような未来の計画を立てて、さ、世間の奥さんだのおばァちゃんだのときたら取越苦労とぐちと昔話にこりかたまってしまって、一寸も伸びようとも、発展しようとも思わないのねえ、あれでつまらなくないかしら?」

「そんな人達にこそ空想をさせたいわ、でもほんとに、人の心持は年と共に萎縮して行くのねえ」

「いやだいやだ。空想と野心の煎じ薬ってのでも出来ないかなァ、そしたら中将湯《とう》とか見たいに飲ませるんだけど――」

梢は頭を振り振り真面目で言うのだった。百合子はクスクス笑いながら、少したって、

「でもお家のお祖母ちゃまみたいに、世の中にはいいおばァさまだってあるわ」

「有がたい事にねえ、だからおばァさん世界って云うものが滅びずに栄えるのかもしれない」

「でも、私も確かに、研究心も発展性もなくなったような大人は、子供に見ならうといいと思うのよ。子供って、何時だって何か新しいこと新しいことを求めて、知ろう知ろうと

しているでしょう？　どんな偉い大人だって、智恵だの、研究心だのが絶えたり、『もういい』なんて云う時ないと思うわ。先生にうかがったんだけど、ブラウニングにそう云う詩があるんだってね、人間はそれは不完全だけど、絶えず完全に向って、進歩しているのだって。天国に行ったたって、自分って云うものがどんどん伸びて行くのだと思ったら、一生、たとえどんな年をとっても研究心は失えないと思う」

　百合子の小鳩のような眼が熱心に輝いた。

「そうだわ！　私達もおばァちゃんになってもいつも若い時と同じで居ようね！　だって、どうしたって、空を飛びたい、飛べたらどんなにいいだろうって云う憧れが、飛行機の発明されたもとじゃないの、誰だって、心からほしいとかしたいとか熱心に求めるから、一生けん命発明もしようとするのね。だから、飛行機じゃなく、この体のまま飛べたらと思ったたって、一寸も可笑しくないと思うわ、死んでから、神さまはエンジェルのように、自由に空をあまがける翼を下さらないなんて誰も云えやしないもの！」

　梢は話に夢中になって、今にも空を飛びそうに袖をひろげ出したので、百合子の真面目な顔はすっかりくずれて、笑い出してしまった。

「まァまァ、私達の話ったら、何処まで脱線するか、わからないわ」

　百合子は、やっと笑いがおさまると、又首をちぢめて、丸くなって、読みかけの本に眼を落した。

ガラス越しに見える海も空も、冷たい灰色にしずまっていた。

ガラス戸を閉め切った前の廊下では、譲二とナナが、――外に出たいけど寒いし、『不名誉』になるのはしゃくだし――と云うように、あっちへ行ったり此処《ここ》へ来たりしている。

ふと何か面白い事のしてみたくなった梢は本に夢中になっている百合子をのこして、両手を懐にしまったまま廊下に出て行った。

向うからは譲二がこれも珍しく紺がすりのつつ袖の和服を着て、如何にも可愛い様子に見えるのに、両手を懐に入れたまま、小さい肩を偉そうにそびやかし、ゆうゆうとやって来ると、その後から、赤いげんろくを着たナナが、物真似猿のように、お兄さんの通りの恰好《かっこう》をしてついている。

梢は、ふき出しそうになったのをこらえて、自分も肩をふり乍《なが》ら、しずしずと歩き出した。

「ドスン！」

狭い廊下で、二人の肩がぶつかった時、譲二は大きな声で斯う言い乍ら、精一杯に眼を剥《む》いて、

「無礼であろう！」

と肩をそびやかした。

「おっ、無礼の段、ひらに御容赦《ごようしゃ》の程を」

梢も恐しくすまして、丁重に頭を下げた。

「いや、そのようになされては、却って恐縮」

譲二はいささか面食らったように頭を下げた。

「全く、みどもの落度でござったわい」

「ハハハ——うまいわねえ！」

ナナは二人の真面目な顔を見て、手を叩いておどり上った。譲二も梢も思い切り笑った。

「やろうよ！　も一度。ね、コッペ、又向うからやって来いよ」

譲二は退屈していた矢先なので、この珍妙なあそびがすっかり気に入ってしまった。

二人は澄まして「どすん！」「無礼であろう！」をくりかえした。

何時の間にか廊下の向うからママとマサさんがのぞいて、真紅になって、お腹をかかえて笑っていた。

勿論この「オサムライ・ゴッコ」はこのままで終りはしなかった。それからも梢と譲二は、廊下で行合う毎に、「ドスン！」「無礼であろう！」をする事を忘れなかった。相手が素直に、「平《ひら》に御容赦！」とやって許してもらえれば短くてすむが、「なに、其の方から突当って参ったではないか」とか、「容赦は罷《まか》りならん！」等とやると、二分や三分ですまなくなる事もあった。

四、親無し鳥

「コッチャン！　まァ貴女《あなた》！」

冷たい北風の吹き荒れる夕方だった。首をちぢめて家へと急いでいる梢《こずえ》の後から、強い風に吹きちぎられるように女の人の甲高い声が追いかけて来た。梢がふりかえると、大家の肥った小母《おば》さんが、裏木戸を開けて立っていた。

「小母さんだったの、今日は」

「貴女！　それどころじゃないわよ。あのほれ、日高さんのお譲さんね、あなたとお友達なんでしょう?」

小母さんは、顔に乱れかかる髪の毛をはらおうともせず息せき切って問うた。

梢は、今の今まで黎子《れいこ》の今日の欠席を気づかっていたので、一寸《ちょっと》胸をつかれて、

「ええ、そう、どうかして、黎ちゃん？」

「それがねえ、コッチャン、全くお気の毒で――」

「えっ？　黎子がどうかしたの⁈」

梢の浅黒い顔は小母さんのただならぬ様子にさっと緊張した。

「お可哀そうにね、今朝突然お父さんが亡くなられたそうですよ」

「嘘‼」

梢は思わず叫んだ、唇が見る見る色あせて、ふるえた。小母さんの言葉を信じないのではなく信じられなかったのだ、又どうかそんな事信じまいと願ったのだ。

「嘘ならいいんですがね、私も全く嘘だと思いましたよ、あんな丈夫な方がねえ、私も、あの御方には随分お世話にも御恩にもなっているもんでね、本当に親切な立派な方でしたからねえ――惜しい御方ですよ、ほんとに」

小母さんは、しみじみと言った。

「…………」

梢の心はもやもやと霧がかかったようになって前で話している小母さんの声も、遠い所から響いて来るようだった。

「鎌倉にとっちゃ立派な恩人ですからね、――何んでも、急に心臓麻痺とかでねえ、――

貴女のお友達と、も一人小さい可愛いお嬢さんがおありだってね。まァ、どんなに心細い事でしょうねえ、十五や十六でねえ。あなた、仲よしじゃないの？　慰めてお上げなさいよ、ね。こんな時女の子は仲のいいお友達が一番ありがたいんだからね」

　小母さんの話はまだ続いた。

「あの奥さまって云うのは私も一寸存じ上げているが、ほんとにほんとに美しい方でしたよ、奥さまも亡くなられて、旦那様も――、あの大きい家で、まァ女の子二人じゃ、一体どうなるんだろう！」

　梢は、どんなにして家に帰りついたか、はっきり覚えていなかった。ただ心の中は黎子が、小さい妹のこのみを抱いて、あの大きな家の中に、あまり急な悲しみに打ちのめされている姿で一杯で、他に何にも考える事は出来なかった。

「コッチャン！　黎ちゃんのお父さまがお亡くなりになったのだって！」

　家に入ると、ナナはもう涙を一杯ためて梢にすがって来た。

「そうだって！」

　梢はまるで胸に一杯たまっていたものを吐き出すように、低い苦しそうな声で言った。

　居間に入ると、ママとサユリと譲二は一斉に蒼い顔をして入って来た梢を見て、

「黎ちゃんのパパが！」

と言った。三人の読んでいた夕刊の三面に二段抜きで日高良樹氏の急逝の記事を見た時、梢は空いていたお腹も一杯になって、ママの出して下さったあつい焼リンゴを食べる勇気もなく、再び風の吹き荒れる海へ出て行った。

海は物凄く吼《ほ》え猛《た》けり、砂は強い北風にうずを巻いた。西の空は真紅に染まって、ちぎれちぎれの雲が梢の頭上をとんでいた。

梢は髪を乱したまま、吹きとばされそうな強い風の中を、きりりと唇を結んだまま何処までも何処までも渚づたいに歩いていた。

「黎子ちゃん！　可哀相な黎子！」

「私達が面白可笑しく遊んでいる間に、あの子は唯一の頼り所を失ってしまった！」

「あんなにお父様思いで、妹思いでやさしい黎子に神様は、何んと言う残酷な事をなさったのだろう！　あまりだ、あんまりだ！　亡くなった母親をあんなになつかしがって欲しがっていた子から、又父様までうばってしまうなんて！」

梢の頬は涙でぬれていた。

次の日、厳しい日高家の門を入った時、梢の心はすっかり脅えて居たけれど、黎子の事を思って、玄関の前に並ぶ沢山の自動車をさけるように、案内知った庭の方に廻って、顔見知りの女中に、黎子に一目逢わせてくれるように頼んだ。

松の植込みの中に梢の姿を見付けて、走りよって来た黎子の顔――一日見なかった黎子の顔は、まるで別人のようにやつれ果てていた――、梢はその顔を見た瞬間、慰めて力づけて上げるようにと云ったママの言葉も、百合子の言葉もすっかり忘れて、走りよって、黎子の肩を抱いたまままむせび泣いてしまった。黎子は背の高い梢の胸に顔を埋めたまま、小さい子供のようにしゃくり上げて泣き出した。

松の植込みの中の二人に誰も気づくものはなかった。

一番頼って居た父の急死に逢い乍《なが》ら、小さい妹を悲しませない為に、多勢の雇人《やといにん》を指図する為に、黎子は人の前では泣くことさえ出来なかった。深い悲しみと、苦しい責任とで、鉛のように重い心の中を、どうするすべもなかったのだ。黎子にとって、梢のあたたかい涙は、どんなものよりも薬だった。

二人は一言も口をきかなかった。けれど、斯う泣いて居るうちに、黎子の重苦しい傷だらけの心は、少しずつ少しずつとけて、和《やわ》らいで来るのが解った。このみを慰め疲れた黎子は、今度は母か姉の懐を見つけたように、梢にすがって泣いていた。

二人は傍の庭石に並んで腰かけた。その時、縁から庭下駄をつっかけて来た五十嵐さんが、泣いている二人の少女を見つけて、吃驚《びっくり》したように立止った。

「お嬢様！　御親類様方がお集りでございます！　もうさっきからお待ち兼ねなのに、こんな所に引込んでお泣きになっている時じゃございませんよ」

梢は、傍で泣いている黎子の背をさすりながら、思わずムッとして涙の眼を上げた。けれど黎子は、そっと立って涙を拭うと、

「御免なさい、行きましょう」

と低い声で言った。

「さようでございますとも、早く御出でにならなくてはいけません。まァね、貴方、草場さん、こんな思いがけない事になって、本当にどうしようかと思っております、――では御免下さい」

五十嵐さんは、いつもの落つきに似ず、少し困りぬいた調子で話すと、くるりと梢に背をむけた。

「一寸、お送りしてすぐ行くから」

「いいえ、こんな時には御免こうむって、お嬢様はすぐあちらへいらっしゃいませ、御親類の方々がお待ちかねでいらっしゃるではございませんか」

五十嵐さんのきつい声に、立止りもならず困っている黎子を見ると、梢はすぐ答えた。

「いいの、私の事なんか、黎ちゃんすぐ行らっしゃい」

黎子は五十嵐さんからはなれて、梢の耳に心からささやいた、

「コッチャン、ありがとうよ、コッチャン」

五十嵐さんの後からついて行く黎子の眼からは、先刻とは異った涙が、はらはらとこぼれた。

「お嬢様の事を黎ちゃんだなどと、しつけのわるい子だこと。お嬢様はあんな、お行儀の悪い学校にお入れしておくのは考えものですよ。それに、御前様のお亡くなり遊ばした御くやみに、庭へ入って来る人がありますものか、何んて礼儀知らずな」

五十嵐さんは声に出してつぶやいた。

「止めて！　五十嵐さん！」

黎子の声は何時《いつ》になく、怒りを帯びてふるえていた。

「私には礼儀より真心の方がうれしいの！」


応接間には親戚方と執事と、家政婦を加えて十二、三人、黒紋付姿でいかめしく並んでいた。

普段見た事もないような、重々しい大人の人達のより合いに、不審の目を瞠《みは》っているこのみの肩を抱くようにしながら、黎子はそっと隅の席についた。

集った親戚方は大方父の方の親類ばかり、それも黎子等の父は、気位の高い親類方とつき合うのを好まなかったせいか、黎子にも、このみにも、親しく話の出来るような人は一人も居なかったのだ。

大人達の間には、日高氏の莫大な遺産の事やそれらの管理や後見人や又弱年の娘達の今後の身のふり方に就《おい》て細かい事が相談された。

「家には、丁度黎子さん位の年頃の娘も居るから、お友達に丁度よい、是非とも家で引取って、お二人共そのまま教育するし、ゆくゆくは黎子のお婿さんの世話もして、日高家をつがせる事にしよう」

と云う従妹《いとこ》もあるし、

「いや、御子さんのある方が、又この御二人を引取って世話する事は、とてもむつかしい。私の処には幸か不幸か子供がないから、丁度我々の子供のようにお世話したい」

とのり出して来る遠い親類の老人もあった。

このみは不安げに姉を見上げ、黎子はまるで別の世界の出来事のように、それらの言葉を聞いていた。

「いいえ、せっかくのお申し出でですが、やはり御二人は、今まで通り、私共がお世話致します」

五十嵐さんは皆の言葉を遮《さえぎ》って、ハッキリと申し立てた、

「それが、一番の御主人さまの御望みであろうと存じます。はい、私はもう御先代さまから御務め申上げておりますから、御前様の御気持はようく分って居ります。矢澤さん、如何《いかが》でございます、左様なものではございますまいか」

五十嵐さんの言葉に、気の弱い矢澤執事は、

「はァ、その通りでございます」

と言い切った。親類方に大分不平もある様子だが、五十嵐さんに立向う程の人はなかった。平常、交際しなかった遠い親類方が、今更「れっきとした親類があるに」と云っても、気の強い二代の忠臣（?）にはかなわなかった。終《つい》に、父の義兄にあたる伯父が、名義だけ二人の女の子の後見人になり、二人は今までのまま五十嵐さんの監督の下に、この広い屋敷に住む事になった。

その夜、このみをねかしつけてから、黎子はそっと父の部屋へ入って行った。

白いベッドの上に、父のなきがらは室咲きの花に覆われて、静かに横たわっていた。

五十嵐さんが席をはずすと、矢澤さんは連日の疲れから、隅の方で微かな寝息を立てはじめた。部屋の中には、机の上の大理石の時計のセコンドの音が聞えるだけ、お通夜疲れの人達は次の間に退いて、不思議なことに暫く其処《そこ》には誰も居なかった。

黎子は、少しよろめきながらベッドによった。

父の顔を覆ってある白い布の上に、マーガレットの花影がふるえていた。黎子は、わなく手で父の顔から布を取って、じっと眼をすえた。

黒い紋服を着て、少しもやつれのないその顔は、どうして死んだ者と思えるだろう！眼は閉じているけれど、その口元は今にもほころびて、やさしく微笑して、

「黎子」とよびかけるのではあるまいかと思われた。

黎子は、まるで体から骨が引き抜かれたように、ヘタヘタとくずおれた。けれど激しい嗚咽《おえつ》をかみしめながら、黎子の目は父の顔にすいつけられていた。黎子はそっと重い父の手を取って、双手《もろて》にしっかりと握った、おお何んと冷たい冷たい手だろう！　黎子はその冷たい手をあたためるように自分の頬におしあてた。湯のような涙が、その氷の手を洗って流れる。

「お父様！」

黎子は泣きながら、小声で呼んで見た、そして父の顔をのぞいて見た。

「お父さま！」

父の顔は、蒼白い色をして黙っていた、

「さようなら、お父さま！」

黎子は、そっとハンケチで父の頬についた涙を拭い、自分のポケットから小さい銀のケ

ースを出して、父の胸の中に入れた。それは黎子らの母の写真で、いつも父が胸のポケットに入れていたのを、父が急死した際に、五十嵐さんが取りのぞいたものだった。

廊下に足音がして、ドアの開く音と一緒に五十嵐さんのきつい声がした。

「お嬢様！　まだ御出でになったのでございますか」

五十嵐さんの声に驚いて眼をさました矢澤さんは、きょときょとして、

「お、まだ御出でになって——」

「まァ！　あなたは、お嬢様をお休ませして下さらなくては困りますのに！」

黎子は、二人の老人の間を取りなす力もなく、父の顔へ布をかけると、涙の顔をそむけて、五十嵐さんの厳しい言葉を後に、まるで夢遊病者のように、ふらふらと二階に登って行った。

黎子のか弱い体は、まるで土にめり込みそうに疲れ果てていたけれど、頭はますます冴えて、度々物におびえたように泣きながら眼をさますこのみを抱いたまま、その夜もねむらずに明かしてしまった。

幾日か過ぎて行った。まるで夢の中を歩いているように黎子には感じられた。何かにあやつられた告別式にも列《つらな》り、多勢の人に挨拶をし、身を動かし、口を動かした。まるで自分の体のようではなかった。

告別式の済んだ次の日、庭に向う蔦《つた》のポーチにこしかけて顔を覆って、泣いている黎子の側へ、このみが走って来て飛びついた。涙を拭って、見上げた黎子の顔をのぞくようにして、このみの大きい黒い瞳が、不安げに、またたきもせずにいる。

「お父様は！　居なくなったの?!」

このみは息を切って、声をひそめて問うた。

「………」

黙って、じっとその眼を見つめた黎子は、しっかりと小さい妹を抱きよせて、自分が丁度このみ位幼くて母に逝かれた時に、父が自分に教えてくれた通りの事を答えた、

「一番美しいお国へ行かれたのよ、天国へ、帰って行かれたのよ、――」

「何故？　何故？　そんないい所なら何故、いつものように、お姉ちゃまもみいみも一緒に連れて行って下さらないの？」

小さいこのみの胸は、熱心と不審のあまり、喘《あえ》いでいた。

「わからない、姉ちゃまにはわからないの」

黎子は悲しげに首をふった。

「誰が、誰が、じゃ、知っているの？　わかるの？　え？　どして、どして、誰がお父様を見えなくしたの？　え？」

このみは、今にも、ワッと泣き出しそうになっていた。

「神様」

妹の様子を見て、黎子は涙ぐみながら言った。このみは咽喉《のど》まで出かかった泣声をのみ込むようにして、黎子を見上げながら、

「じゃ、お母ちゃまと一緒に居る方じゃないの？」

このみは、父の言葉を思い出してそう言った。黎子の頷くのを見て、暫く黙っていたこのみは、

「何時、帰って来るの？　え？」

と熱心に聞いた。

黎子は、耐え難そうに、重い頭を振って見せた。

膝にのって来る、このみの愛らしい口元が、いたいたしくゆがむのを見て、黎子は胸がひきさかれるように苦しんだ。しっかりと、このみを抱いて、頬をおしつけふるえる、しかし、やさしいやさしい声で囁いた、

「今に、わかるの、今に。みいみ、ねえ、みいみ、泣かないの、お姉ちゃまがいるでしょう。お父さまは母様と一緒なの、だから泣かないでね。みいみねえ、みいみの好きな事はなんでもなんでもして上げましょう。いつも、みいみの淋しくないように一緒についてい

ましょう。ね、みいみ、今夜も一緒にねんねして上げましょう。みいみ、泣かないでねえ
――」

激しく泣いている妹の背をさすりながら、十六になったばかりの黎子に、これ以上なにも云えなかった。可哀そうに、小さい妹に泣くなと言いながら、自分も身もうくばかり泣いている黎子であった。

「このみには黎子がある、全心をもってもなぐさめ愛してやる黎子がいる、けれどけれど私には、おお誰がいるだろう?――」

斯う心につぶやく言葉があるのを、どうしよう。

二、三日過ぎた夕方だった。午後の陽に森も丘も山も、オレンジ色に染められている中を、黎子は、このみの手をひいて、あてどもなく歩いていた。

よく父と来た、見はらしのいい、丘にたどりついた時、二人は言い合せたように、切りたおされた、ふとい木に並んで腰を下した。

黎子は、はるか目の下に湖のように静かに、黄金色《こがねいろ》の陽をうけて、輝いている海を、見るともなく、みつめていた。

「お姉ちゃま?」

「え?」

このみは立上って、黎子の手を引いた、

「お姉ちゃま、あの、コッペサマのお祖母様よ」

黎子は、このみの指す方に目をやって、立上った。

今、浅い林から、こちらに歩いて来るのは、もう六十歳余りの小柄な老婦人であった。

近づくにつれて、その面は、はっきりと、夕方の黄金色の光の中に浮び上った。頭髪は、すっかり銀色に光り、見る人の心をあたためずにおかないような愛情に充ちた眼と、やさしい眼尻のしわと、強《つ》よ過ぎもせず優し過ぎもせぬ、その口元とが特長で、六十以上のお婆さんと思われぬ、明るい活々とした老婦人であった。

此の丘の傍に住んでいて、以前にもよく逢って知っている、黎子とこのみは、一緒に頭を下げた。

「まァ、黎子さんとみいみちゃん……」

いつも、黙ってただニコニコして行き過ぎる老婦人は、あたたかい声でこう云った。黎子は蒼白いやつれた顔を上げると、自分達二人を見守っている、草場刀自《とじ》のやさしい眼は霑《うる》おっていた。黎子は、今にもあふれ出そうな涙をのんで、うつむいた。

「おつらいでしょうけれどねえ……どうぞ希望をお失いにならないでね——、梢が、それはそれは心配しておりました。貴女のお悲しみを十分の一でも負う事が出来たら——と申しておりましたよ」

刀自は、そう言って、小さいこのみをひきよせ、自分の孫にするように、やさしくその頭を撫でた。

「ありがとうございます」

黎子は涙にふるえる小さい声で、心から言った。

刀自は二人の淋しげな姿を見捨て兼ねた様子でそっとこのみを膝の上に抱き、黎子と並んで伐り出した材木に腰をおろした。

浅い春の夕方の光は、この三人をあたためるように、つつみ、向うの林の枯れた梢には、明るい夕陽を浴びて、何か小さい鳥がチッ、チッと唄いながら、飛んでいた。

「このみちゃん、おいくつ？」

「七つ」

このみはあたたかいお婆さまの膝の上で、人なつっこく、やさしい草場刀自を見上げて答えた。

「まァ、そう。おばアさんは六十七ですよ、丁度六十も違うのね、でも、お友達になれますね、私は一人でいるんですよ、すぐそこのお家。遊びに来て下さいね。お友達になりましょうね、梢の妹のナコチャンは、しじゅう遊びに参りますよ」

おばア様はやさしい小声で話しかけながら、絶えずこのみのふさふさした髪をなでていた。

誰もが、好きにならずに居られないようなおばァ様だった。斯《こ》うして、黎子も、このみも梢らのお祖母様と、仲のよいお友達になった。

小さい人なつこい、このみは、あたたかい、おばァ様の膝を慕って、毎日のように黎子を引っ張って、この丘へ来ては、おばァ様とお話するのだった。二人は度々、浅い森林の向うのおばァ様の家を、訪れた。その家は、丁度このおばァ様を思わせるように、南日のよくあたる、あたたかい、いかにも小ぢんまりして、居心地のいい家だった。おばァ様は、何時も大喜びで二人の可愛いお客様を迎えてくれた。黎子はこのおばァ様の傍にいると、何時か心がやすらかに、あたためられて来る事を知った。陽のよくあたる庭先の枇杷《びわ》の木に来て美しい声で鳴く、目白の唄に耳をかたむけながら、膝の上に二つの仔猫をのせて、しきりに、おばァ様に何か話しかけている可愛いこのみの様子を見ながら、何時までも何時までもこうしていられたら――、あの広い冷たい家に帰る事なしに、このおばァさまと住んでいられたら――、と知らず知らずの内に度々思っているのだった。

「じゃア、神さまと仰有《おっしゃ》る方丈けが、お父ちゃまやお母ちゃまが、今どうしていらっしゃるか、お分りになるの?――」

このみは、熱心な仇気《あどけ》ない面を上げて問うた。

「ええ、そうなんですよ、大丈夫、少しも、心配ありませんよ。昨日、このみちゃんがその事心配していましたねえ。でも、神さまは、何んでもお出来になる方で、安心して何んでも、おまかせしておけるような御親切な、おやさしい方なのですよ。世界中の人間のお父さまなの。このみちゃんのお父さまは、あなたのために、いつもお心を使って、やさしく可愛がって下さったでしょう？　このみちゃんは、安心して、お父さまにおまかせしていたでしょう？」

お祖母様は、仕事を置いて、小さい眼鏡の上から、やさしい眼でこのみを見ながらお話した。

「天の神さまは丁度、そんなにやさしくて、世界にいる沢山の御自分の子供達一人一人の事を心配していて下さるんですよ」

このみは、大きく眼を見開いて、「そお」と、深い息と一緒に答えた。

次の日も、いろいろとお話した後に、このみは思い出したように、

「このみ、――みいみ、お父さまに逢いたいんだけど――その事も、何んでも、お出来になる方にお頼みしたら、逢わせて下さる？　お父さまを返して下さる？」

おばァ様は一寸、このみの真剣な顔を見ていたが、すぐに、

「ええ、何時だか、私達に時はわかりませんよ、でも、きっと天へ行った人達と逢わせて下さると、神さまはかたくお約束して下さってあるのですよ、楽しみですねえ、おばァさまも沢山逢いたい人がいます」

黎子は傍から、刀自の静かなほほえみを見て、

「どんな方ですの？」

と、問うた。

「そうね、――丁度、私も、このみちゃん位の時に亡くなった父と母と、――あの梢達の父さまが生れて間もなく、亡くなった、梢達のお祖父様と、もうお嫁に行く頃亡くなった娘と赤ん坊の時に亡くなった息子と――」

お祖母様の眼にはキラリと光るものがあった。

(まァ――じゃおばァ様も随分、苦しい目にお逢いになったのね――子供の時からみなし児で、若くて御主人に逝かれて、二人まで子供を亡くされて――)

黎子は思わず心にそう叫んだ。

その心を見て取った刀自は、自分の膝の所にあるこのみのポチャポチャした手を取って、言った。

「つらい事も、こまる事も、きっと、みんなよくして下さいますよ。つらい事に思えても、

やっぱり神さまのなさる事は、私たちに一番よい事なのですよ」

その夜、このみは、淋しい時には、丁度お父さまに申し上げるように、なにもかも、天のお父さまに申し上げて、なぐさめて、下さるようにお祈りなさい、とお話してくれたおばァさまの言葉が忘れられなかったので、天のお父さまにお祈りしようと思った、でも、このみはどうしてお祈りしていいかわからなかった。で、天にいらっしゃるなら、空の方を見てお祈りしたら、一番よく聞えるだろうと思い、窓に走りよって、一つ窓を開けた。と、このみの顔に、水のように蒼白い月の光が流れた。

おお、何と澄み切った美しい夜の空だろう、何んと冴え返った清らかな月だろう。

このみは暫く、うっとりとして空を見上げていた。そして、こんな、美しい光につつまれた、お国——それは、何んでもお出来になる神さまとなつかしいお父さまやお母さまのいらっしゃるお国——どんなによい、美しいお国だろうと思って見た。小さいこのみは、そのお国で、今、お母さまに逢って、しずかにお話をしていらっしゃるお父さまの、なつかしい姿を信ずる事が出来た。

このみはいつか絵で見た、お祈りしている女の子のように、小さい手を合せて、大きな黒い瞳を、月夜の空に向けたまま、熱心な言葉は、仇気ない唇を、ついて出た。

「天のお父様――お父様の神さま――、私はこのみです。神さまは、みいみがどんなにお父さまと、逢いたいか知っていらっしゃるでしょう、お姉ちゃまだってそうなの、お約束して下さいませ、みんなみんな逢えるように、――それから、どうぞ、お姉ちゃまがあんまり泣きませんように、お姉ちゃまにも、やさしくして下さい、お姉ちゃまはいつもみいみにやさしくしてくれます。でも、みいみは小さくて、お姉ちゃまにやさしくして上げられません。ですから、神さまが沢山やさしくして上げてね。――それから、みいみはいい子になりますからお父さまに心配しないでって仰有って下さい――お休みなさい、――早くお父さまに逢わせて……下さい……」

　このみの大きい美しい眼は、すいつけられたように夜の空をみつめていた。蒼い月光は小さい女の子の姿を夢のようにつつんでいた。

　このみは、やさしく黎子の双手に抱かれてベッドに寝かされた。その時、黎子の頬に、自分の頬を押しあてたこのみは、お姉さまの頬が涙にぬれているのに気がついた。

「お姉ちゃま――」

「はい？」

「泣いているの？」

「…………」

「お父ちゃまに逢いたくなって淋しいの？」

「今のはそうじゃないの――みいみ――さァねんねしましょう、心配しないでいいのよ。何か歌って上げましょうか？」

黎子の声は、月光の中でやさしくふるえた。

「ええ、『お母ちゃまの子守唄』、ね？」

このみは、いつもの調子で人なつこく、可愛かった。

「そう、いいのね、じゃ窓をしめてね」

「だめだめよ。ね？　いいでしょ、ほら、天国の光見ながら寝るのよ、いいでしょ？」

このみの願いは熱心だった。月光は一つの開けた窓から、蒼白く部屋一ぱいに差込んでいる。

黎子は、冷たい風を障《さえ》ぎるために、ガラス戸を閉めて、このみに手枕をかしてやりながら『お母さまの子守唄』と呼んでいる、フランス語に堪能だった彼女らの母が、特に愛して歌っていたと云うフォーレの美しい子守唄を、静かに歌い出した。

歌いながら、黎子は、このみの云う天国からの光に見入りながら、あのお祖母さまが話してくれた数々の言葉と、さっきドアのところまで来た時聞いた、小さい妹の可愛い、けれど真心からのお祈りを思い、熱い涙にひたっていた。

五、チョビ君とベノチャン

赤ん坊の黒ん坊は
黒ん坊でも、赤ん坊——
黒ん坊の赤ん坊は、
赤ん坊でもオ黒ん坊オ——

譲二の可笑《おか》しな歌声が、微風と一緒に高い木の上にいる梢《こずえ》の耳に聞えて来た。

梢は、笑いながら、読みさしの本を閉じて、家の方を見下すと、譲二は両手をズボンのポケットに突込んだまま、胸をそらせて、庭を歩きながら大声で歌っている。

黒ん坊の
赤ん坊は
赤ん坊でも
黒ん坊オ——

「ジョッペ――」

「うーん？　なーんだ、そんなとこか」

譲二は、木の上に梢を見つけて、眼をクリクリさせながら、セピア色の活々した頬を綻《ほころ》ばせた。

「一体、何んの歌？　自分の事、皆に大きな声で云いふらしているみたいよ」

梢も笑った。

「お生憎《あいにく》さま！　コッペの事だよ」

「こいつめ！　何処《どこ》からそんなの覚えて来たの？」

「ちゃんとした、作曲家のつくった歌だよ。小さい奴が歌ってんの覚えたのさ」

「も一度歌って御覧」

梢は自分も覚えたかった。譲二は上を向いて、

黒ん坊の赤ん坊は

赤ん坊でも黒ん坊オ――

も一度くりかえして歌った時には、梢も一緒になって、木の上から声を合せて歌って、顔を見合せて笑った。

「そんなに、笑うとおっこちるよ、コッペ、ヒヤヒヤするよ」

「大丈夫、そんなトンマしないよ、ほ——れ」

梢はそう云って、ふとい枝に胴が結びつけてあるのを見せた。

「なァんだ、なさけないんだね、素人の木登りみたいだよ」

譲二は、恐しく、なさけない声で、習いたての『素人』を使った。

「生ちゃんね」

「それはそうと、何してるの？」

「これよ」

梢が上から本を見せると、

「ああ、木の上で本読みか、ナポ君の真似だね」

譲二は感心したように首をひねった。

「ナポ君って？」

「ナポレオンだよ」

「まァ、いやだ！　ナポレオンが木の上で本読んだの？」

「ああ、本に小さい時木の上で本を読んだって書いてあったよ」

「いやねえ、私ナポレオン嫌いなんだけど」

「じゃ、下りて来いよ」

「何故？――あ、さては、お角力《すもう》がとりたくなったな？」

梢が例のおどけた調子で言うと、譲二は手を叩いて、

「そうだそうだ、そうしよう！」

海から来るあたたかい春の風に、桜の花びらがひらひらと梢の肩に散りかかった。

黎子がお祖母様を知ってだんだん明るくなって行くと同時に、梢も前の元気を取りもどした。そして此処から見える海もぼうと夢のようにけぶり、砂浜には陽炎《かげろう》が立ちのぼり、大人も子供も、汐のひいた岩に、蛸突《たこつき》に、海胆《うに》取りに、はば（若めに似た海草）採りに、と、楽しい平和な海の春が巡って来ていた。

その夜の事だった。

「ウエーッ！　この生ぬるい生物、家に入れたのは誰だい！」

廊下からの叫び声がして、勢いよくドアが開くと、譲二の恐しいしかめ顔がのぞいた。後を慕って足にまつわりついて来る二匹の仔猫を、

「うるさいーッ」

と、片足を挙げて蹴ると、仔猫はキューと云う、悲鳴を上げて、部屋の中にころがり込んだ。

「いけない！」

向うの方にいた、ナナが狂気のように駆けて来て、蹴飛ばされた仔猫を抱き上げ、うらめしげに譲二を見上げた。

「ひどいジョッペ！　いじわる！」

「なんだい、ナコか?!　こんなブヨブヨした、動物を持込んだのは！」

譲二がもともと猫が大嫌いな事をよく知っているナナだったけれど、ミイミイ云って、自分の膝に頭を押しつけて甘えている。可憐な二匹の仔猫を見ると、つい声がとがった。

「意地悪ねえ！　何んにも、一つもジョッペになんか悪い事もしないおとなしいチョビ君の事、──ねえ、こんな可愛いのに悪口言ったり、蹴っとばしたり、──あんまりだわ、よちよち可哀相にねえ──」

ナナは、もう涙ぐんで、二つのチョビ君とベノチャンを抱きながら、ゆすぶった。

「よせやい、下等な趣味だぜ。悪い事しないどころか、今その暗がりで僕の靴下をペロペロ舐めたよ、バカメ！　僕の靴下と来たら、ゴミとホコリと泥が五ミリもつもってるんだぞ、それで又、ナコの頬をなめてるじゃないか？　おおきたない、ベッベッ」

譲二の猫嫌いと来たら、又大したものだった。ナナは、そっぽをむいた親愛なるお兄ちゃまを、世にも恨めしげに見上げていた。

「一体何が始まったの？」

居間の隅で、洋服を縫うのを手伝ってやりながら、梢はただならぬ二人の様子を横目で見ながら小声で百合子に聞いた。

「可哀そうに、ジョッペに見つかると叱られるって、隠しておいたキティ（仔猫）が、ナコを慕って出て来てしまったのよ」

百合子はブラウスにボタンをつけながら答えた。

「やれやれ、又一場面、はじまるね」

梢は、口元に奇妙な微笑を浮べて、又二人の方を横目で見た。

「コッチャンたら！　人が悪いわ、可哀そうに――」

百合子は、ナナを助けに出て行こうと、仕事を置きかけるのを、梢は大急ぎで、膝を押え、

「シッ、まァ黙って御覧《ごろう》じろ――よ。大丈夫二人仲よくなるから、見ていらっしゃい。それより、知らんふりして見ていてやろうよ、――それはそうと、あのキティは何処からもらって来たの？」

「お友達からだって。それをね。もし見つかってジョッペにつぶされでもしたらって心配して、お祖母ちゃまの所に、今日まであずけてあったのよ」

お姉さん達のヒソヒソ話をよそに、譲二とナナはまだ睨《にら》めっこをしていた。

「何時までもそれ飼って置くつもりかい？　捨てて来なけりゃ、もう僕遊んでやらないよ。いつもナコに、そんなブヨブヨしたナマぬるいものがひっついているんなら、傍に行ってやらないから」

譲二は椅子に腰かけて、両足を抱えながら、何時になくツンツンした。

「ブヨブヨもナマヌルくもないわ――ひどいわ。やわらかくて、あったかくて、いい気持よ、可愛いわよ、――ねえベノチャン！」

ナナが頬摺《ほおずり》してやると、ベノチャンなる仔猫は、甘えてミイミイと言った。

「ウウ、身ぶるいするよ、よしてくれよ、ナコ、彼方《あっち》へつれて行ってくれ！　捨てっちまえそんなの」

譲二は額に八の字をよせて、ナナの膝の上から邪けんにベノチャンの首をつまみ上げ、ドアの向うに投げようとした、ナナは、悲鳴を上げてとびついて、ベノチャンを抱きとった、

「意地悪ジョッペ！　意地悪ジョッペ！　自分だって、ナコの大嫌いなあんな、あんな虫を殺したのだの、蝶を殺したのを大事にしてるくせに！」

ナナは泣声をはり上げた。

「あれは学問だよ。ナコみたいに、人にいやな思いさせないように、ちゃんと見えなくしてあるよ、だ。口惜しかったら、ナコもその、チョンベーとか、ベロベロとかも、そのいやな声を出させないように咽喉《のど》でも締めて、机の引出しにしまって鍵でもちゃんと掛けとけ！」

譲二は、ソッポを向いたままで言った。向うの方で梢は思わずプッと吹出した。

「………」

ナナは、今にもこぼれそうに両の目に涙をたたえて、無情なお兄ちゃまを見上げている。

「もう、あの、博物学者の家にも入れてやらないよ。そんな化けものを可愛がるんなら――」

譲二の言葉に、ナナは何んと思ったか、黙って、そっと涙を拭ったまま、排斥《はいせき》された、あわれなチョビ君とベノチャンを抱いて、台所の方へ出て行った。

この間から譲二は、未来の博物学者を夢見て、立派な家を設計し、ナナをその家の奥さまにしてやると言っていた事を思い出して、梢と百合子と顔を見合せて笑ってしまった。

毎夜のおきまりの通り、その夜も、パパは食後の一時間の休みにママと一緒にこの居間に出て来た。

「出来て？　ああいい事ね、碧《あお》い色はサユリによううく似合うね」

ママは二人の娘の縫上げた碧いブラウスを見て、満足げに、頷いた。

「おや、譲は、何んて云うお顔?」

「ブー、今、猫騒動がはじまったのよ」

梢が、笑いながらママに説明すると、

「とうとう! やったの?」

ママは、譲二から梢の顔を見て、眉をひそめた。

「仕様がないのねえ、ナナはどうしてもほしいってきかないし、譲二ときたら猫を目の敵《かたき》にするし――」

「だって、あんないやな不愉快な動物ってないよ。ねえ、パパ?」

譲二はパパに賛成を求めにかかった。

「うん、そうだ」

「ほら見ろ、上等な趣味を持った学徒は、誰だって猫なんか嫌いさ、ねえパパ?」

譲二は、もうすっかり御機嫌を直していた。

「うん、そうだ、がナナは小さい女の子だからな、いじめてはいけない。可哀そうに、今廊下で大層泣いていたよ」

無口なパパがこれ丈け云うのは珍しい事だった。譲二は、元々、ナナを心から可愛く思っているのだから、胸をうたれて、ふッと口を緘《つぐ》んだ。

「譲二、夕刊を持って来てくれ。――なに、そう急がんでもいい」

パパはいつもの、何んにも感じないような、顔つきで言った。譲二は、待っていたとばかり部屋をとび出して行った。馬鹿でない彼にはパパの「急がんでもいい」が、「ナナに行ってあやまってやさしくしてやって来い」と言う意味だと云う事が、すぐ読みとれたのだ。

暗い廊下の隅の暗いところで、皆から遠のいたナナは、ミイミイ云って甘えるチョビ君とベノチャンを相手に、せぐり上げて泣いていた。譲二は、それを見ると急に可哀そうになって、傍によって、いつものようにやさしく言った。

「ナコ、御免ね、僕、意地悪してしまって御免ね」

ナナは激しく泣きながらその言葉を否定するように頭を振って見せた。

「怒ったの？　ナコ」

ナナは又『ううん』をした。

「僕の居ない所でなら可愛がってもいいんだよ、ただね、僕のいる時丈けは、なる丈け側へよせないでね？　僕、好きになれるといいんだけどなァ――ナナだって、僕のお宝が好きでないと同じなんだからね」

譲二は、泣いているナナの肩を抱いて、一心に説明した。暫くして、ナナは涙だらけの顔を上げて、泣きじゃくりをしながら不安げに聞いた、

「ね、ナコ、大きくなったら、決して猫もって行かないから、『博物学者の家』の奥さまにしてね? ジョッペ?」

「ああ、勿論してやるさ。さっき僕、意地悪云ったね、御免よ。だって、ナコが来てくれなかったら、僕の奥さまになる人ないじゃないか——そしたら僕ほら、御飯も食べられないよ、ナコが僕の世話してくれるって約束したじゃないか」

こう云った譲二の顔は、大真面目であった、そしてナナの顔は、すっかり晴れた。

仔猫共をマサさんに頼んで、居間に帰って来た譲二とナナは、肩を組合って、もうすっかり上機嫌になっていた。

「ほらね、サユリ、私の言った通りでしょう?」

梢は二人を見やって言った、

「だから私好きよ、あの子たち、ほんとに、仲がよくて、可愛いんだもの。随分ひどい喧嘩したってほっといた方がいいのよ、つつくとだめにするの。パパって面白いね、知らんふりして、『急がんでもいい』だって。いつもだまっているけれど、いいパパねえ」

「そうよ」

ママが笑いながらこっくりこっくりした。百合子はニコニコして、ソファに目白押しに並んだ譲二とナナの愉快そうな様子を見やっていた。パパは、譲二の持って来た夕刊を見ていた。

「サユリ、少し早めに行かなくちゃなるまいね」

暫くして、ママが言った。

「そうねえ、学校の始まる前に、寮舎に少しはなれなくちゃァ――」

百合子は、生れて始めて、家を離れる事に少しく不安を感じているらしく、ためらいがちに、ママを見上げて答えた。

「サユリ、いやだなァ、行っちまうなんて――」

梢が、つまらなそうな、顔をした。

「本当？　サユリがお寮舎に入るって？」

「嘘だい、通うんだねえ？」

ソファの二人も、急に自分達の話を止めて、不安げな顔を向けた。

「さァさァ、みんなでサユリをいじめちゃ、だめですよ。此処からはとても英学塾までは通えないのよ、二時間半もかかるもの、ことによると三時間近くよ。サユリの体の事考えたら、とても駄目なの、それに、お祖母ちゃまの仲のよいお友達だった方が、あの塾長さんで、それはそれはよい方。サユリの面倒をよく見て下さる事になっているの、あなた達は、少しは淋しくとも、我儘《わがまま》云っちゃだめ。サユリをますます行きたくなくならせちまうでしょう？」

ママが言うと、サユリも、今まで小さくなっていた体をのばして、つまらなそうな、三人の妹達に何か言わなくてはいられなくなった。

「土曜日毎に必ず帰って来てよ、そして、お手紙しじゅう書くわね」

梢は、これ以上、自分の我儘を言い募れば、せっかく勉強をして伸びて行こうとしている百合子は、皆と離れて暮す位なら、もう勉強も何もかも、止めて今まで通り皆と一緒に暮した方がいいと言い出しかねないのをよく知っていた。そして、元気に小さい子達に声をかけた、

「どうせ、もう、じき、行かなくちゃならないんだから、ねえみんなで、サユリの初陣を祝う会をやろうよ」

「そうだ！」

「素的《すてき》ね！」

二人の子供らの顔は、すぐ輝き出した。

「感心感心」

ママはニコニコして居る。

「それでっと、どんな形式をとろうね」

いつも進行係の梢がのり出すと、ナナは、仲間はずれになって、黙りこくって新聞を読んでいるパパに走りより、

「パパも考えるのよ。ね、つまんないな、家のパパったら、いつも黙って、すましてんだもの。池田さんとこのパパなんか、子供と一緒になって、遊んだり、お角力とったり、笑ったり、それは楽しそうよ。さ、パパも新聞なんか止めるの、そして一緒にお話してね？」

ナナは、まるで小さい奥様のような調子でパパの手から新聞を取上げた。

「うん、よしよし」

パパは、おとなしく、ナナのするなりになって、テーブルの近くに椅子を引いた。

「さ、これでよし、と」

「時は何時？」

「午後から夜にかけて、ママも入れて、寸劇かなんかもしようね」

「よし、じゃお菓子は？」

譲二の言葉を遮って、梢が、

「だめだめジョッペ、それは後まわしよ」

「だって、お菓子は、どっさりだよ、でなくちゃ、まるで感じが出やしないよ」

「よしよし。お客様は？」

「お祖母ちゃまお呼びしてよ」

それは百合子の願いだった。

「もち、ね。それから黎ちゃんと、みいみ呼んでいいでしょう？」

「ああそうだ、お呼びして上げるといいわ」

「場所は？　此処ね？」

「うん。最初に私は、サユリを初陣に送るの辞って言うのでもやろうかな」

「よして頂戴よ、コッチャン、お願いだよ、あまり片腹いたいような演説は御免よ――」

ママは顔をしかめて手を振ったので、皆、梢の顔を見て笑い出した。

「それより、あまり種あかししたらつまんないよ、サユリには内証でプログラム組まないかい？」

譲二が言ったので、

「そうそう、それがいいわ、ママとサユリは此処で寮舎行きのお仕たくをしますから、あなた達は上に行って、せいぜいいいプランを立てて頂だい」

ママは、そう言って、百合子の靴下やハンケチをしらべ出した。

「いざ、いざ、」

梢が二人を従えて行きかけると、ナナは、急に立ち止って、目を瞠《みは》った。

「まア！　パパったら！　おとなしいと思ったら――」

パパは、静かに椅子に普通の姿勢をとったまま、居眠りをしていた。

譲二が大きな声を出そうとした時、ママが、

「シッ――今日は御疲れなんだから、そっとして置いて上げて。さァさァ早く、二階へ行ったり行ったり」

三人は顔を見合せて、ソロリソロリと部屋を出たかと思うと、すぐドタドタと階段を登る足おとが響いて来た。開け放しになったドアから、又、チョビ君とベノチャンが、ミイミイ声をたてながら、人を慕って部屋に入って来た。今度は二匹共蹴とばされずに、あたたかい百合子の膝に抱いてもらう事が出来た。

六、松籟荘《しょうらいそう》をめぐりて

二階の子供部屋にも、あの絶えずニコニコしていた百合子は居なくなり、食堂にも居間にも、椅子の中にすっぽり体をうずめて、いつでも本を読んでいる百合子は見えなくなって、家の中は何んとなく、がらんと淋しくなってしまった。

「ああ、あ、サユリが居ないと何んて家の中がこうひゝかゝらびるんだろう」

梢《こずえ》が幾何《きか》の問題で、すっかり頭をいたくして、二階から、春の陽の照る縁に出て来た。

「家には、ひかゝらびさせる名人のコッペがいるからさ」

譲二も作文が作れなくて、虫の居所が悪いらしく、八の字をよせていた。

「おっと、あぶない」

お裁縫をしていたママが、譲二の方へ振り上げて見せた、梢のゲンコをよけるように、ひょいと首をちぢめて見せた。

梢は、勢いよく挙げた手を、すまして、ママの肩におもむろに叩き出した。

「今朝はママ沢山、お洗濯をしたんだよ、コッチャン。雨に来られちゃこまるから、もういいよ。――まァ、やけに叩くのね、ジョッペへの腹いせをこの肩にされちゃ、たまらない」

ママは肩を下して、それでもいい気持そうに、軽く眼を閉じた。

「来たわよ！　サユリから！　手紙よ！　ほらこんなに名前が五つも並べて書いてあるわよ！」

ナナがあつい封筒を振りながら、思い切り甲高い大声をはり上げて飛込んで来た。

「ウワーイ！　万歳！　早く！　早く！　ナコ」

梢はとび上って手を叩き、譲二も声たててノートを投出した。

ナナは顔を真紅にして、ハアハア息をはずませながら、梢に手紙を渡した。

「コッチャン、あなた声出して読み上げておくれ」

ママは娘の初旅の様子を早く知りたいようだった。

「よろしい、えへん」

四つの頭がより合う中で、梢は、アルトのよくとおる声で、表情たっぷりに、読み出した。

『――パパ、ママ、そしてコッチャン、ジョッペ、ナコチャン、勿論、どなたも、いつもの通りお元気にお過しの事と思います。まだお別れしてから、五日しかたっていないのですね、こんなに皆さんと離れて、他の方々と暮した事は始めてなので、何もかも不思議で新しくて、始めの二日ばかりは、すっかり目が廻って、一人で小さくちぢまっておりました』

「まァ、サユリらしい！　さぞ、隅の方で小さくなっていたでしょう、見えるようねえママ？」

梢が顔をあげて云えば譲二が、

「それから、それから、先を読んでくれよ、だめだなァ、脱線しちゃア。僕にはサユリのこのメメズのような達筆とかは読めないんだよ」

で、梢もすぐ後をつづけた、

『――でも、皆さんそれは御親切ですし、どなたも気のおけない明るい方々ばかりです。上級の方は、すっかりこの寮舎を、もう御自分の家庭のような気がしていらっしゃるらしく、毎日、ほんとうに自由に楽しげです。私達をそれはそれはよくして下さいますけれど、本科の一年は皆、十九か二十歳、二十一位の方もあって、サユリが一番小さく、おまけに、私の女学校で知っている方は、皆、予科にいらっしゃるので、私もおとなしく予科に入っておけばよかったと思ってしまいました』

「まァ、こまったサユリ」

　ママが呟いた。

『――お部屋は、ママも御存じの通り、それは、こぢんまりした、ベッドもウォードロウブ（衣服戸棚）もついた部屋で、カーテンは私の色にしました、（自由ですので）うすいうすい水色に、小さい忘れな草の花の模様（青の）で、一寸《ちょっと》夢のお部屋のように素的です、コッペやナコチャンが泊りに来てくれるといいといつも思っています。部屋のドアには、私を訪ねて来たお客様が私の居所がわかるように、円いボール紙を、いろいろの色で区切って、外出、入浴、在室等を書き入れ、時計の針のようなのをつけて差し示します。面白いでしょう？　これは、その人によっていろいろ好きなように工夫するのですけれど、私のは、お隣り村（部屋）の遊佐さんって、面白い本科三年の方が、わざわざ昨日造って下さったのです。私と一緒に入ったロブチャン（村井さんの事よ、知ってるでしょう？）が、何処でもかまわず私のことをサユリ！　サユリ！　と呼ぶもので、もうすっかり皆に覚えられて、恥しくてこまってしまいます。そして、たった二日の間に、もう寮舎では、皆さん私の事を草場さんなんて呼ぶ人がなくなってしまいました。

学校の御授業の方も、一日目は上の空で、ドキドキばっかりしていましたけれど、だんだんなれて来ましたし、思った程むつかしくないので、ほっとしました。でも、コッチャン随分ものすごいガッツキサン達が居てよ。今からこんなじゃ、試験の頃が思いやられて、私なんか空恐しい気がします。

先生の事はまだよくわかりませんから、この次の時くわしくお知らせしましょう。それから、何より、うれしい事は、海辺には見られない武蔵野のよさを充分満喫出来る事です。校内も随分綺れいですけれど校舎の傍を流れる、V型の小川は、土地の人が「魔の淵」と呼んでいる位でも御想像がつくでしょう、深さと言い、色と言い、それは何んとも云えぬ静かな美しい流れです、それに今は、両岸に浅いみどりが萌え出て、碧《あお》い水に野ボケの真紅の花がのぞみ、すみれの花が影を落して、うなずいています。春の陽のきらきら笑う、その流れに沿って、歩いて行く時――その気持何んて言い現わしていいかわかりません。其処《そこ》から十五町ほどで有名な桜堤に行けるそうですけれどまだ行って見た事はありません。今度、コッチャンやジョッペやナコチャンをさそって行きましょうね。遊佐さんが是非案内して上げると言っていらっしゃいます。遊佐さんはね、貴方たちに――そう、私達姉妹に大変興味を持っていらっしゃるらしいの。しじゅう、この部屋に来て、私達の生活を話してくれって仰有《おっしゃ》って、私が普通の毎日の事をお話した丈けでも、もうお腹をかかえて笑うのよ。ゆうべなんかもね、もう涙が出る程笑われるの。お家は長野で、お父さまもお母さまもいらっしゃるけれど一人も御兄姉がないので、私の事それはそれは羨しがっていらっしゃるわ、面白いいい方よ。そして随分親切な方なの。うれしいうれしい事には、その方ね、やっぱり書く事に夢中なのよ、主に子供のお話なのですって、ゆうべ消灯まで、私のお部屋でお話していたの。遊佐さんはね、今の日本に、本当によい子供のお話書く人がないのを大層悲しんでいらっしゃったわ。丁度私もいつも、その事思っていたので、随分論じ合ったの、（私、この方となら随分、家にいる時のような気楽になれるの不思議よ）だから、ジョッペやナコチャンの事知りたいのですって。何時かその可愛い御子さんと遊ばせて——とまで熱心に仰有るのよ。そして、ほら、「ハイディ」を書いたスピリのお話ね、英訳でまだ外に沢山持っていらっしゃるの、私うれしくてとび上ってしまいました。今日、私に貸して下さったの丈けでも「メエッリ」「グリトリの子供たち」「コルネリ」「フィンツイ」「ドラ」——こんなにあるの、まだまだあるんだって。明日から読むの楽しみよ。私が読んだら妹のコッチャンにも貸してってお願いしたら大よろこびで、『えええええどうぞ。この人のお話は、出来る丈け沢山の方に読ませたくてたまらないのだから沢山貸して上げて頂だい』って仰有ったわ。そして、その方、今にスピリ全集の翻訳をするのが唯一の楽しみなのですって、そしてその時は私にも手伝ってと仰有るのよ。課外に、私もドイツ語をとる事にきめてしまいそうです。

ママ、私このとおり、随分楽しく毎日を過しておりますから、どうぞ御安心なさってね。

夜になると、下のパーラーで讃美歌をうたいます、この時は本当に、お家に帰ったような安らかさを感じます。遊佐さんはいいお声でオルガンが御上手です。ママの御心配なさった御食事の事も、大層、ようございますから御安心なさって。それに各階に自由に御料理が出来るようなせつびがあります。随分、すべての事が自由です。もう消灯の時間が来てしまいました。

あらあら随分長い長いお手紙書いてしまいましたね、今夜は淋しがりのあつまりで遊佐さんがサユリのお部屋に泊る事になりました。今、遊佐さんがのぞきに来て、『何んの御創作かと思ったら、長いお手紙！』ってびっくりして、まだ見ぬ、楽しい御姉弟に沢山よろしくって言っています。

では、皆さんも御体を御大事に御大事にね、

サユリも元気一ぱいでおります。

おやすみなさい。

四月十九日夜

サユリ

愛するパパ、ママ、コッチャン、ジョッペ、ナコチャンへ、

P・S・今、まだ朝もやのはれない校庭を一まわりして来ました。小鳥の声がふるようにきこえ、木々の芽がふくらんで、足もとには、すみれやたんぽぽや沢山の花が、露をふく

んでうなだれ、地は黒くしめって、何処もここも春の匂いがたちこめていました。この小路はあまり美しいので、Lovers'Laneと名づけられているのですって。では、大急ぎで、このお手紙ポストに入れて来ましょう、

さよなら

四月二十日　早朝　』

「まァ、サユリ、楽しそうでいいわねえ」

梢が長い手紙を読終えて、溜息と共に言うと、

「ああ、これで、やっと安心。ママは、あの子の事だもの、どんなにおびえて小さくなっているかと思って、この二三日、気が気じゃなかったよ。元気そうなお友達が出来て、何よりね」

とママが言った。

「遊佐さんなんて、奇妙な名前だねえ。僕はそのドアにつけるものが気に入ったな」

「ナコ、その水色のお部屋だの小川だの見たいなァ、ねえママ、なる丈け早く行っていいでしょう?」

「ええええ」

その時、帽子をかぶったまま、パパが入って来た。

「あ、パパだ、お帰りなさい！」

「まァ、あなた、お帰り？　一寸も知りませんでしたの、まァまァどうも済みません、サユリから長い手紙で皆と夢中になっていたんですのよ」

ママは吃驚《びっくり》して、パパの帽子と外套《がいとう》を脱がせた。

「パパ、まァ読んで御覧なさい、サユリの名文だから、そして、とても楽しそうよ」

梢の手からあついレターペーパーの束を渡されて、パパは、

「ふむふむ」

と言いながら、その目は実に早く紙の上を走った。レターペーパーのめくり方のスピードに、譲二はぽかんと口を開けて、背の高いパパを見上げながら、

「なァんだい、パパ、みんな読んでるのかい？　そんな、メメズの、のたくった字が、そんなに早く読めんのかい？　斜めに目を走らせるんじゃないかな？」

「ウフフ、む、ふむ」

パパは、口元に笑いを浮べて、面白そうにサユリの手紙を読んでいる。

「あ、あとで質問して御覧、あやしかったら」

パパは、暫くして、譲二に言ったので、梢は、

「パパは早くて有名よ、今度書斎で、そっと後からのぞいて、御覧、ものすごいから」

「ふーむ、やっぱりパパは頭がいいんだね」

譲二は感心したように、低くつぶやいた、

「それで、すっかり頭に入るんだからなァ」

パパは、読み終ると手紙を梢に渡し、

「面白そうだな」

と言ったが、何か思いついたらしく、すぐ目の前にいるママが気づかずに大声で、

「おい、ママ」

と居間の方に向って呼んだ。

「まァ、パパ、此処《ここ》ですのに。こんなにデブチャンなのに、お見えにならないなんて」

ママが笑いもせずに言ったので、子供達の方が大声で笑い出した。

「ああ、そうか。あの山の上の家空いていたな？」

「山の上って、何処《どこ》でございますの？」

「ほれ、その山よ」

パパはその縁から見渡せる、稲村ケ崎を指差した、

「ああ、ああ、あの松籟荘でございますか？」

「そうそう、それだ、空いてるな？　一週間以内に、人が来てもいいだろうな」

「まァ、どなたですの？」

ママがその唐突な言葉に目を瞠ると、

「僕の弟子の友人の父親と姉とだ」

「お弟子さんの、御友人の、お父さんと姉さん、ですのね？」

ママが、自分にのみこめるようにゆっくりゆっくり言って見る。

「うん」

「何んだって又、あの家おのぞみですの？　もう随分古いし、その上広すぎて、――とりえは、景色がいい丈けですのよ」

「うん、だがな、鎌倉の海のよく見える静かな所がいいと言って、僕に、家の近所に何かないかと云うんだ。で、僕は、大家のおくさんが、愚痴をこぼした、その松籟荘の事を思い出したから、話してやった。すると、大層よさそうだから明日見に行くと云うんだ、――そうだ、仕事がのこっとる。ママに頼んだぞ、早く言わんと又忘れるから。明日、人が来たら案内してくれ」

パパは、それ丈け話すと、口をつぐんで書斎に入って行った。

「まァまァ、物好きな方もあるものね、見にいらっしゃって、いやにならなきゃいいがねえ、パパの事だもの、本物よりよく仰有る気づかいはないけれど。まァね、これがうまく話が運んだら、大家の奥さんも大助かりでしょう、あの家ったら、もう何年も入り手がなかったんだから――」

ママは、大家の奥さんに早速、このよいニュースを持って行こうと、家を出て行った。

翌日、学校から帰って来た梢は、近いうちに松籟荘に人が越して来る事を思い出して急いで家をとび出し、とととと砂丘を走り下り、夕陽の美しい浜づたいに、松籟荘へと足を向けた。

松籟荘と云うのは、目の前にそそり立つ、稲村ケ崎の中程にある大きな別荘風の家だった。前には某資産家のものであったが、この辺一帯の家主さんがゆずりうけて、今ではその人の貸家の一つになっていた。

今日も春の海は、終日のたりのたりとけぶっていた。梢はあたたかい風に頬をなぶらせ、夕映を一ぱいうけている稲村ケ崎についた時、頭の上の松籟荘は、丁度満開の桜の霞につつまれていた、『松籟荘の桜』と云うのは、この辺の人が美しい見物の一つとしているものであった。

あたたかい海からそよ吹いて来る南風に、少し盛りを過ぎた桜は、段々を跳ぶようにして登って来る梢の体にはらはらと降りかかった。

途中まで来ると、上の方からキャッキャッと、譲二とナナの元気な声が聞えて来た。ふと立止って耳を澄ませた梢は、ニコニコして、二つ位ずつ段を飛上り一気に上まで登りついた。

松籟荘は、久し振りにすっかり戸も窓も開かれ、梢が庭の方にまわると、譲二とナナが広い芝生で鬼ごっこともお角力《すもう》ともつかぬ遊びをして、大騒ぎをしているし、縁では家主の、あの肥った小母さんが、二人を見て笑いながら小さい女中と、縁側の雑巾《ぞうきん》がけをしていた。

「まァ、チビ達、此処へ来てたの？　今日は小母さん！」

梢が、いつもの張りのある声で言うと、

「まァまァコッチャン、もう今日はお帰りですか、お早いのね。とうとうこの家にも、借り手がつきましたのよ。草場の奥さまのおかげでね、私も、ほっとしました。こんなに何時までも空いていたら、いい、い、いあれほうだいになって、化けもの屋敷の名もつきかねないって、主人とも話していたんですよ」

話好きの小母さんは、クラシカルな高い高い髪をふって、いかにもうれしげだ。

「よかったわねえ、じゃ今日見にいらっしゃるって仰有ってた方、お気に召したのね？」

梢は、小母さんにつられるように縁に腰かけた。この人の好い小母さんと、草場家の姉弟達とは、もう前から友達同士のようだった。

「そうなんですよ。それもねえ、何が幸せになるかわからないもので、つい二日ばかり前の朝ね、電車であなたのお父様にお会いしましたの、その時ふっと思い出して一言《ひとこと》松籟荘の事申し上げたのを、よく覚えていて下さってねえ――」

　小母さんは、『よくまァ、あのフムフム仰有るばかりの方が覚えていらっしゃって下さった』と云わぬばかりの顔をした。

「だから、小母さん大あたりよ。まぐれあたりかも知れないわねえ、パパがこんな気のきいた事開闢《かいびゃく》以来だって、ママも首をひねってたわよ」

「まァ、そうですか、じゃ、小母さんがその開闢以来を引きあてたわけね？」

　草場氏の人となりを、よく知っている小母さんは、目をくりくりとさせて、人のよい笑いを見せた。

「それで、その方何時からいらっしゃるの？　私ね、もうじき、その方々が入っておしまいになれば、今のように自由に来られないと思って、おなごりに来たの」

「どうぞどうぞ、たんとおなごりおしんで下さい、どなたもこの眺め丈けは感心なさいますよ。今日来なすった方もね、第一にそれが気に入りなすったんですよ。筆をおとりの方とか、詩人さんとか、女学生さんでなくては、ほいそれとは入って下さいませんわね、一寸、不便なところで――」

　小母さんがしゃれた事を言うのだった。

「で、何時いらっしゃるの？」

「それでね、もう四五日すると引越して来なさるのですと。気が早いのよ。何んでも、今日、見に来なすた若い方の姉さんとお父さんが、急に鎌倉に住む用が出来て、北海道からはるばる出て来なさったのですって。私の想像なのだけど、姉さんでも体が弱いんじゃないかと思うんですよ。弟さんの話では、姉は、海の見える所がいいって云うから、この素晴らしい眺めじゃ、どんなによろこぶでしょうって言いなすてねえ――ほんとに、真面目そうなよさそうな方ですよ」

　小母さんの話には、いつもきりがなかった。

　松籟荘は、今、黄色の光につつまれて、はるか目の下に寄せてはかえす波の音が、松風をぬって静かに聞えて来る。

　庭から見ると、左手――由比ケ浜の彼方に、近々と逗子葉山がのぞまれ、庭の真中のあたりから、せまい急な段がついていて、それを下りると、稲村ケ崎の突端の岩の上に出られる。此処へは人が滅多に来ないから、陽のあたたかい岩の上で、碧い海を見て半日楽しむ事も出来るし、蛸つきには此辺で一番のところであり、釣糸を垂れて、美味《おい》しい黒鯛を釣るにも宜《よ》いと云う場所である。

　が何んと云っても最も美しいのは、右手、即ち真西に面して切立った岸壁の上に立って、ひろい、七里ケ浜から江の島にかけて見渡した眺めである。晴れた日は、江の島の上に箱根の二子山、駒ケ岳も見え、足柄連山の上には、美しい富士の姿をのぞむことも出来る。草場家の姉妹は春に秋に、この松籟荘の岸壁の上に立って、長い時を過したのも、無理のない事であった。

　オレンジ色の夕の光は、暫く真紅に変り、波も雲も、連る山の端も、ギラギラ輝いたのも暫し、何時か見ゆるかぎりのものはもも色の光にほんのりとつつまれ、やがてそれは紫色にと黄昏れて行くのだった。西の空に光る金星と共に、江の島の灯が赤くともり、波間にチラチラとゆれる頃になると、松の梢に月がかかって、ただ稲村ケ崎を洗う緩やかな波の音が、やすらかな子守唄となって、松籟荘をつつむのだった。

　それから五日目の夕方、もう暗くなりかけた時、梢が家に帰ると、縁で見知らぬ婦人がママと話していた。

「本当に、おかげさまでございました。こんなに早く、何んの苦労もなく見つかると思いませんでしたもので、父もくれぐれもお礼申上るようにと申しておりました」

　それは、静かなうるおいのある、声だった。これが松籟荘の新しい住人だという事がすぐ分ったので、耳をすました。

「いいえ、飛んでもございません、私共別に何んのお役に立ったわけでもございませんのに。でもほんとに、お気に召して下されば、何よりでございましたわ」

ママのいつもの元気な声。

「何んていい眺めでございましょうね、私などあまり、景色に気を取られて、お掃除がはかどらなくてこまってしまいました」

「まァまァそうでございましたか、宅の子供等も、何かと云えばすぐ松籟荘へ行こうでございますよ、私をしじゅう引っぱり出そうとしましてねえ、ママは無風流だって申しますけれど、この肥り様では、あの上まで一寸こたえますわね――」

ママの気の置けない明るい話ぶりに、相手の婦人も思わず笑った。

「御可愛い御子様方が御出になりますのですって、何よりお楽しみでいらっしゃいましょう――」

そう言った婦人の顔は、夕闇の中にはっきりと読めなかったが――、

「さっきも家主さんの奥様が、お噂なさっていらっしゃいましたの、本当に御元気ないい御子様方でいらっしゃいますって、どうぞ御遊びに、およこし下さいませ」

何んとなく人なつかしい響きが籠《こも》って居た。

「は、ありがとう存じます、きっと近いうちに遠慮もなくうかがいますでしょう。何しろ、きかなくて、ほんとの海の子でございますよ、家に居りますと喧嘩の絶間なし、もうもう元気がありあまって――。お宅では？　あの弟さんは御一緒じゃいらっしゃいませんの？」

「はァ、あれはまだ大学院の方に通っておりますので、土曜から日曜にかけて丈けこちらに参る事になっております」

婦人はそう云って、も一度子供等を遊びによこしてくれと、くれぐれもママに頼んで、御近づきのしるしに、東京から引越のトラックへ載せて来たという、両手にかかえる位の、大きなバラの鉢をおいて帰って行った。

梢が、窓から見ていると、夕闇の中に、ぬけるように色白の、身にはぴったりと合う真黒の洋服をつけた、すらりとした美しい婦人が、今、しおり戸をくぐって砂丘を下って行く所だった。

「まァ、コッチャン、帰って来ていたの。そんなら、一寸御挨拶するもんですよ。そんな所からのぞいていたりして、御行儀の悪いお嬢さんだこと！」

ママが吃驚して、梢の肩をたたいた。

「だって、知らない人だもの。おまけに、『姉さん』て云うからサユリ位の女の子だとばかり思ってたの、そしたら大人なんだもの――まァ！　綺れいなバラ！　サユリがいたらおどり上るわねえきっと！」

二、三日たってから、梢は百合子に「海辺の家」の近況を書き送った、その中の一節を御目にかければ、

「松籟荘に新しい方々のいらっしゃった事まだサユリに誰も書かなかったでしょう？まず箇条書にすれば左の通りよ、

一、住人とは『今西正夫』って云う、白髪の、長く細いニコニコした、そうね、六十以上の白髪のお爺さん（北海道では相当な資産家の名家で有名なんだって、家主の小母さんの話）と、その娘さん、

一、娘さんと云っても我々年輩にあらずよ。私には、さっぱりわからないけれど、ママは、三十より若くないって、いたってあいまいな事云います、家主の小母さんは三十三位だろうと云います。若いような年とったような不思議な方です。

1．お顔はいつも若く、2．服装は何時も真黒、3．背は中位、スラリとして洋服の実によく似合う方、4．ピアノが上手、5．とっても美しい声、

以上で、私が見てさえ、上品な美しい方と見えるんだもの、家主の小母さん暇があると家に来て、ブラック・レディ（名前知らないから私がつけたの）讃美をして行きま

すよ。オールド・ミスとは思えないの、ママは大層不幸な方のようだと云います、何しろ、一寸ばかりお話的なのよ。美しい夕方なんか、よく年老ったお父さまを助けて、浜を歩いているのなんか見かけます。そのブラック・レディにはも一人、弟さんがいて、時々来るらしく、お二人で、見ていても美しい程お父さまを大事にしています。一、ジョッペとナナなんか、もう口をきいた事があるんですって、ナコは、例の調子で、『ほんとにほんとにほんとにいいおばさま』と口ぐせのように言います。一、私まだ話した事ありません。でもしじゅう私たちに来てくれと仰有います。サユリが来たら一緒に遊びに行ってもいいね、

まァ、何んてダラシのない箇条書でしょう、サユリの整頓した頭で、よろしく御判読、御想像願います。私もう、脳味噌がもみくしゃになる程ねむいのよ。

今度の土曜日こそ、きっときっと帰って来るのよ。遊佐さんによろしく、お休みサユリ！」

七、若様出現

春の海は、夢見る如く、美しい。けれど、山に行けば、又海には見られない楽しい春が来ているのだった。

草場家の姉妹は、黎子《れいこ》やこのみもまじえて、よく裏の山へ登った。中段のところには、人家が松林の間に点々としているが、今少し上に登って行くと、やわらかい草が萌えて、紫の菫や、真紅の野ボケの花が、その間から可憐に首をのぞかせていた。少女達は、それを見付ける毎に声を挙げて走りよる。その背には、海近いあたたかい春の陽がおどっていた。

真碧に、雲一つなく晴れた空の下にはいろいろの木が、赤いのや緑のや、キラキラと陽に光るのやとりどりの若芽を着けて、その下の土手には、数え切れない程小さい丸々と肥えた竹の子が、すくすくと伸びようとしている。春を喜ぶ小鳥は、一番美しい唄を、終日、この裏山の青空に満たしていた。

「ねえ、ねえ、私達のこのグループに何か楽しい名前をつけない？」

山の一番上の、あずま屋まで皆がたどりついた時、梢《こずえ》が言い出した。

海から来るあたたかい南風は、しっとりと汗ばんだ頬に、どんなにやわらかく吹き過ぎて行くだろう。このあずま屋から七里ケ浜の眺めは、四季を通じて素晴らしいものだった。陽にきらめく碧海を眼の下にして、春の花、夏の新緑、秋は紅葉に、冬は落葉に、飽く事のない、千変万化の眺めであった。梢は、東京からお友達やお客様が訪ねて来ると、きっと、一番の御馳走に、この山へ引っぱり上げることにしていた。大人は誰しも一応は敬遠するが、一度この山に登って、素晴らしい眺めを味わった人は、七里ケ浜と鎌倉山の大観に、すっかり魅せられて了《しま》うのであった。

「何か考えたの？」

日曜日に帰って来て、この一行に加わっていた百合子が、乱れた髪をはらいながら、頬を真赤にしている。

「うん、一寸《ちょっと》、こんなのはどう、ね、Merry Garden（楽しき花園）って云うのよ、そして、私たちがその中の花って云うわけさ。M・G・グループなんていいじゃない？」

「まァ！　素的なのねえ、コッチャンにしちゃ、随分、女学生的だわ」

この頃、ずっと明るくなった、黎子が言う。

「いやだよ、僕、そんな弱々しいの大嫌いだ、僕も入れてくれるんなら、もっと面白い名をつけてくれよ。男の子の恥だよ、そんなグループに入るなんて」

譲二の言い草に、百合子は笑い出した。

「ジョッペったら！」

「それもそうだね、じゃ何か考えてよ、サユリは何かない？　黎ちゃんは？」

梢は譲二を「生《なま》！」と睨《にら》みもせず、素直に言った。

「私だめ、サユリがいいわ」

「――さァ――一寸今思いついたのよ、こんなのはどう？　少し長すぎるかしら？　Merry Birds' Choras《コーラス》って云うの」

百合子が首をかしげながら、美しい発音で言う。

「いいわ！」

「素的《すてき》！」

梢が手を叩き、黎子もすぐ賛成した。

「何んだい？　訳してくれよ」

譲二ものり出して来た。

「『楽しい小鳥の合唱』って云うのよ。そして、略して『M・B・C・』って云うのよ、ね！」

梢が言うと、向うの方で、すみれとたんぽぽの花冠をつくっている、もうすっかり仲よしになった、ナナとみいみが、手を取合って、

「何？」

とききき耳を立てながらやって来た。

「ああ、あの子達二人は、四十雀《しじゅうから》って云うところね？」

梢が云うと、

「コッチャンは目白！」

黎子がすかさず云ったので、百合子は、

「黎ちゃんはひわ」

「まァ、じゃ、サユリは頬白ね」

「僕はひよどりだ」

譲二が自分で名乗りをあげた。

百合子は、よく、行合《ゆきあい》の牧場に足を向けた。若草の萌え出た牧場に、ささやかな小川の流れも春の陽にあたためられ、そのふちには、丁度歌や絵にあるように、すみれや、碧色の忘れな草が微笑んでいた。

牧場のかたかげ
ひともとさびしく
咲きし花すみれ……
百合子は、可愛い小声でモーツァルトの「すみれ」の歌を口ずさみながら、小さい流れにそって歩いて行くと、柵の中では、のどかに鼻声で鳴く、やさしい目をした牛の背に春の陽が休んでいる。
乳しぼりの少年の手元を見たり、生れたての仔牛や山羊と遊んだりして、午後中を、この牧場で過すことも少くなかった。
春雨の降る日も又美しかった。真紅な椿がホトホトと落ちる道は、山のひだに消えて、餌をあさって、ひくく飛ぶひよどりの声ばかり鋭くひびき、後は静かに音もなく、ただ時々椿の落ちる音がするばかりだった。
黎子の住む鎌倉山は、梢等の登る山の峰続きで、此処は恐らく春が一ばん楽しい美しい処だった。小鳥の唄の満つる山峡《やまあい》は、今菜の花のさかりで、春の風に金色《こんじき》の波をうたせて、むせかえるような匂いを運んだ。濃い紫菫の群れて咲く土手や、野ボケの真紅な浅い林や、ツクシやフキの薹《とう》のとれる野や、蒼空の下に咲く高い高い木《もく》れんの花や――、M・B・C・の楽しい少女達は、よくこんな山を、オムスビをもって足にまかせて歩き廻った。

ツクシを取ったり、野バラの苗を掘り取ったり、涼しい木蔭でお弁当を開いたり、道案内もないところを歌いながら自由に歩き廻ったりする事はどんなに楽しい事だかわからなかった。

けれど、「小鳥の合唱」は何時か「小鳥の五重唱」になり、百合子は皆に名ごりおしまれて、勉強するためにすぐ寮に帰らなくてはならなかったし、又すぐに「小鳥の五重唱」は「小鳥の三重唱」になる時が来てしまった。それは黎子とこのみの飛びたい翼も、歌いたい口も、五十嵐さんのきつい監督に、しばられてしまったからである。

斯《こ》うして、何時か桜は散りつくし、たんぽぽもすみれも失せて、銀色や赤をしていた木々の芽は次第に緑に輝き出した。

楽しい遊び友達と、幾日かを夢中に過したみいみは、前にも増してこの広い家が淋しいものになってしまった。春からナナの行っている師範学校の付属に入学したから、午前中は楽しかったけれど、午後は絶えず黎子を慕って、黎子が学校から帰ると、すがり付いてばかりいた。

靖彦が、亡くなった父の知人に連れられて、この家に来たのは丁度こうした時だった。

靖彦――皆さんは覚えていて下さるでしょう。このみの父がまだこの世に居た時、リオデジャネイロから、この十二歳になる少年を引取ってくれるようにとの手紙を受取った事を。

このみは手を叩いて、おどり上って、この新しい「お兄ちゃま」の出来た事をよろこんだ。

靖彦のために、自分の大事な美しい敷物や、机や椅子のセットまでそろえて楽しい子供部屋に運び、女中を相手に、「新しいお兄ちゃま」の部屋を整えて、胸をおどらせてその到着を待ちわびていた。

五月に入った日、このみは家に帰って来ると執事の矢澤さんが自動車に乗って、靖彦を横浜まで迎えに行く所だった。

「みいみも一緒に行っていいでしょ？　ねえ？」

このみは目をおどらせて、窓にとびついた。

「ウウ、私はかまいませんですがな、五十嵐さんが何んと言いますかしら、小姫《ちいひめ》様御かんべん下さい、早くもどって参りますから」

人のいい矢澤老人に斯う云われては、このみはこれ以上たのまれなくなった。

夕方になった。このみは何度も何度も門まで走り出た。門前の林の浅い浅い緑に、最後の陽の光がきらめいて、次第次第に黄昏て、行くまで、このみは度々背のびをしては、

「新しいお兄ちゃま」の到着を待ちわびているのだった。

「小《ちい》さま！　もう夕刻ではございませんか?!　御一人で御外へ出ていらっしゃってはなりません、御入り遊ばせ、小さま」

　それは五十嵐さんの厳しい声だった。このみは何時になく、しぶりながら、傍の五十嵐さんを見上げて、

「だって、せっかくいらっしゃる新しいお客さまだもの、御門まで御迎えに出たっていいでしょう？」

「いいえ、御迎えは矢澤丈けで結構でございます」

「ねえ、みいみも早くそのお兄ちゃまを見たいの」

「まァ何んて御聞きわけのない！　小さま、あなた様は日高家の姫様の事を御忘れでいらっしゃいますか、暗くなるまでお一人で御門に御立遊ばして、御前様がこんな事を御聴き遊ばしたら、まァどんなに思し召すでしょう！　小さま、御聞きになるものでございますよ」

　五十嵐さんは、冷たい言葉と共に、ついと足を返して、玄関の方へ行ってしまった。

（お父ちゃまが、まァ、どうしてみいみが御出迎えする事いけないと御思いになるかしら？あのいつだかの晩だって、みいみに靖彦ちゃんの事をやさしくしてお上げって仰有《おっしゃ》ったの

に、靖彦ちゃんはお父さまもお母さまもないのだから――って)

そうつぶやいたこのみの眼にはみるみる涙が湧いた。――自分もお父さまもお母さまもいないのだっけ――斯うした考えが、小さいこのみの胸を一杯にさせたのだった。でも、このみは一言も口答えせずに、黙って五十嵐さんの後に従った。

四方は水色のうすいヴェールをかぶったような、五月の美しい夕暮れだった。

横浜のホテルで、東条氏(靖彦の父)の知人から、靖彦を引取って、矢沢老人が帰って来たのは、予定よりずっとおくれて、夕食後暫くしてからだった。

自動車の玉砂利をきしる音に、このみは、眠くなった眼を、大きく大きくして、黎子を引張って、玄関へ出迎えた。女中達が、居並ぶ大玄関に入って来たのは、黒いベルベットの短いズボンに、ねずみ地に、エンジ色の細い線の入った薄手のセーターを着て、バラ色の頬をした、見るからに可愛い少年だった。

「いらっしゃい!」

このみは思わず走りよって、あの人なつこい微笑を見せた。けれどこのみの望んでいた、なつかしい色は少年の顔には浮ばなかった。

靖彦は、黙って白い顎を上げて、前のこのみを見やった。

「疲れたの?」

やさしいこのみの言葉には、同情が籠《こも》っていたが、靖彦はただ横に顎をしゃくって見せただけだった。

「では、すぐお部屋に御案内致しましょう、――サキ、御案内おし」

五十嵐さんはいつもの冷たい調子で、少年と女中をうながした。

「みいみもこのカバンを持って一緒に行ってもいいでしょう？　ねえお姉ちゃま！」

黎子が頷くと見ると、このみはカバンに走りよった。

「いいえ小さま、もう御疲れですし、貴女もお休みの時間です。御遠慮遊ばすものでございます」

このみの淋しげな顔と、少年の黙りこくった顔と、五十嵐さんの冷たい顔と、が、その夜はそのまま無事に過ぎた。

一週間とたたない内に、この無口で、高慢だとばかり思った少年が、事々に癇癪《かんしゃく》をおこして当り散らすので、五十嵐さんの額には青筋が立つ日がつづいた。女中達は、乱棒な口ぎたない、この自称「若様」に、なる丈け、近づくまいとするようになった。

黎子の顔は、蒼く、沈み切っていた。そうでなくてさえ冷たい家の中は、この小さい暴君のために、ますます暗く、淋しいものになるのを何《ど》うすることも出来なかった。靖彦は御飯が気に入らない、女中のやり方が悪いと言っては物を投げ付け、どうかするとつむじを曲げて、半日も口をきかない事もあった。

「まァたった十二や、十三のくせに何んて憎々しい子だろう」

奉公人達の中には、蔭で斯《こ》んな事を言う者もあった。

ふと、こんな噂を耳にするこのみは、可哀そうなほど、その小さい心を痛めて、ムシャクシャしている女中たちにすがっては、

「お父ちゃまもお母ちゃまも無いんだから、靖彦さんはきっと淋しいのよ、だからね？」

このみは人には通じないような事をくりかえして言った。『お父さまもなくて、淋しいんだから、かんにんしてやって、やさしくして上げよう』との意味だったのである。

女中たちは、やさしいこのみの言葉に、腹立たしい気持も、大分和らげられてはいた。


靖彦は、今日もこのみを相手にしていた。

「みいみ！　その汽車を組立てろ！」

「はい」

このみは誰にも真似出来ない程、素直に、靖彦の御相手をする事が出来た。

「これで宜《よ》い？」

「駄目だ！」

靖彦は、このみの手から玩具の汽車を取って力まかせに、部屋の隅になげつけた。机の上の置物が、ガラガラと落ちた。

「まァ、乱暴な事なさっちゃいけないわ、靖彦ちゃん」

黎子が見かねて、ドアから首を出して言った。

「だまってろい、みいみも一度組直せ！」

靖彦は椅子の上にふんぞり返って、滑《なめら》かな額をしかめて命じた。

このみは又やり直すと、

「よし、退《さが》れ！　隅の方で見ていろ」

「はい」

このみは、あの黒い眼を瞠《みは》って、隅の方から、「若様」の次の命令を待っているのだった。


「そんな小さい子でいて、そんな暴君って、あるかしら?!」

梢は、信じられないと言うような面持で、黎子を見やった。其処《そこ》は、草場家のほど近くの緑の草の生えた砂丘の上だった。梢は足をなげ出しながら、今、黎子の家に現われた、その小暴君の話を聞かされた所だった。

「だって、事実、あるんだもの。私にも想像がつかなかったのよ。でも、いろいろみいみと話してる所を聞いて見ると、亡くなった父さま丈けは尊敬していたらしいの。それに赤ん坊の時から多勢の人手にかかって、よっぽどチヤホヤされて育ったらしいのね、東条の小父さまと云う方はそれはいい方だったたって云うけれど、何しろ、事業にあまり広く手を出し過ぎて、靖彦ちゃんをあまり心して育てなかったらしいの。何しろ、日本人の家庭教師が二人もついていたって云うし、外にも大分日本人の雇人《やといにん》がいたらしく、日本語はとても達者なの、だから、たまらないのよ、私なんか、もう、ね、たまらなくなるの――、山を走り廻ってやっと気を落つけて、又家に帰って来るの」

　黎子が、これ丈け言うのだから、よくよくの事だろうと、梢はしみじみ同情した。

「まァ、可哀そうに！　貴女だからそれで、済んでいるんだわ、もしそれが、この私でもあってごらんなさい！　一体どんな事になるでしょう、そんな生意気な子、私我慢がならなくて、負けずに暴君になって、ぶんなぐってしまうにきまってるわ！」

「でも、ね、みいみを見ていると、私涙が出て来るの、何言われても、はいはいって言って、どんな事でも、やさしくしてやるのよ。それも決していやいやではなく、お父様が、靖彦にはお父さまもお母さまもないんだから、やさしくして上げるようにと仰有ったの忘れられないらしいの」

「まァ、みいみは本当に小さいエンジェルねえ――」

梢は、心から斯う云った。黎子は涙のたまった眼でにっこりとしたがすぐに、

「靖彦ちゃんだって、決して、しんから悪い子だとは思えないの、あの子だってやさしいママがあるか、温いホームがあれば、きっといい子になるんだと思うのよ、――だけど、ねえ、コッチャン、私の家ったら――まるで、あなたのお家から見ると地の底のようよ、――暗くって、淋しくて、冷たくて――」

黎子は、遠く海に眼をやりながら低い、沈み切った声で呟くように言った。

梢の黎子を見る眼は急にやさしくなって、

「本当にそうかも知れない。だけどね、黎子、私達、何時だって、あなたとみいみにホームをわける事が出来るわ、たまらなくなったら、何時だって、とび込んで来ていいのよ。お祖母ちゃまもそう言ってた、本当に私のところに黎ちゃんとみいみを連れて来たいって。私達は、何時だって、貴女に味方してんのよ。それに、お祖母ちゃまは、私が貴女の事心配する度に『大丈夫、黎ちゃんとみいみにはいつだって、神様が味方していて下さるから、今に、どんな思いがけない道がひらけるかもしれない、黎ちゃんも、今少し、じっと耐え忍んでいなさるといいのですよ』って言ったのよ。私にはよく分らないし、黎子の今の淋しい事やつらい事の連続が、神様がやさしく守って下さる方だとしたら、どうしたって不

思議なんだけれど、やっぱりサユリもお祖母ちゃまの仰有る通りだって言うの。サユリはね、お祖母ちゃまの心に天国の風が通っているんだって言うの、だからお祖母ちゃまの言う事信じるんだって。そしてね、本当にその子供を愛する父親ほど、涙ながらにも、その子の為ならきつい鞭《むち》を与える事もあるのだって。で、丁度神様はそのように最も愛の深い、賢い父親なのだって、だから小さい目の前の事さえ分らない私たちは、正しい愛にみちた父親に、どんな苦しい時でも信頼して、その手にすがって行こう、そうすれば、今まで見えなかった喜びや慰めがきっと待っているって、お祖母ちゃまは仰有るの──私、それを今の黎子と結び合せると、どうしても全部うなずく事が出来なくなってしまうの」

梢は何時になく落ついて、真面目に熱心に語った。

「ああ、本当に、そうだったのかもしれない──私は一人ぼっちじゃなかったのねえ、大きな味方して下さる方があったのだわ──私、下を向いて、苦しい事ばかり見詰めていたので、何んにも分らなくなってしまっていたの──」

そう言った黎子の眼は輝きを増し、その声もずっと力強かった。

（黎ちゃんは、私には想像もつかないような悲しみや苦しみに遭って、だんだん心が深くなり、忍耐することを覚えるのかもしれない。お祖母ちゃまが、苦しみの生活は尊い、その中で人間は幸福の時に分らなかった人の一生で一番大切なことを教えられるからだ──

と仰有った事が正しいのかもしれない）
梢は、辛抱強くて善良な黎子の横顔をみながら、心の中に斯うつぶやいた。
新緑の中から譲二の鯉のぼりが高く高く五月の爽やかな風をはらんでおどっていた。
砂浜には、あの松籟荘の今西の老人を援《たす》けながら、梢の云うブラック・レディがしずかに磯風にふかれながら逍遥《しょうよう》していた。

八、楽しき五月

「潤叔父ちゃんが来るんだって！」

ナナが土曜日の午後学校帰りの梢《こずえ》を砂丘の上で待ちもうけていた。

「本当?!」

梢は思わずとび上った。黒い瞳が踊る。

「ほんとうとも。今ね、お祖母ちゃまが知らせにいらっしゃったの、そして手紙も来てたわよ」

梢とナナは、家の縁まで一気に走った。

「まァ、お帰り」

あのやさしいニコニコしたお祖母様が縁に出て来て、声をかけた。

「潤叔父ちゃんが来るって?! お祖母ちゃま、何故? どして、何時?」

梢は、放り出すように靴を脱いで、息せき切って、問うた。

「まァまァ三つ位口がなくちゃ一度に話せませんよ、それより貴方《あなた》たちに来たお手紙を読んで御覧」

お祖母様が言っている時、昨夜から帰って来ていた百合子が「お帰り」と云いながら手紙を持って出て来た。

「どれどれ」

梢がのぞくと、ナナが、

「ね、コッチャン、も一度声を出して読んでよ」

と頼んだ。

「よしよし、えーと、――『サユリ嬢や、コッペ嬢や、ジョッペ坊やナナコ姫や』――まァ、最初っから潤叔父ちゃんらしいねえ!」

「読んでよ読んでよ」

「うんうん、——、

『御無沙汰の段御かんべん下さい、みんな相変らず元気で、喧嘩と角力《すもう》の絶間なしだろうね、潤叔父も元気です。

みんなにいつも逢いたいと思いますが、何しろ遠くて、行けなかった。ところが今度、急に横浜に転任になることになりました。何よりうれしいことは、サユリに会える事、コッペと角力をとれる事、ジョッペと喧嘩の出来る事、ナコを抱っこ出来る事だ、それとも、もうみんな大人になって、潤叔父の手におえんかな？　何しろ近いうちに行きます。サユリはうんと腕をふるって潤叔父のために、特別三人前位のうまい料理をたのみます。コッペとジョッペは、角力の腕をみがき、ナコはいつも潤叔父の赤ちゃんでいて下さい。さァ、お土産は何かな?!　此処《ここ》には何んにもないから内地へ行ってからととのえるつもり。もうチャンときまってるよ！　トラックを迎えによこさなくちゃ持ち切れまい。

潤叔父は鎌倉山のお祖母ちゃまの息子になって暮します。お祖母ちゃまも僕も、ママサン（姉さん）もそれが一番いいと言う。

ではさよなら、待っていて下さい。

取急ぎ右まで、新京ニテ

五月六日　　　　　　　　　潤　叔　父」

「素的《すてき》だ!」

梢は頭の上に手紙を振って叫ぶと、ナナは夢中になって、

「ねえ? ねえ? ねえ? 素的でしょ?」

とおどり廻る。

「お祖母ちゃま、一体何時いらっしゃるの? 呑気《のんき》な潤叔父ちゃんね、何んとも言わないで出ていらっしゃるのかしら?」

百合子が言うと、お祖母様はニコニコしてみんなを眺めながら、

「吃驚《びっくり》しちゃだめよ。今夜、ね、六時か七時に来るんですって、さっき電報だったの」

「いけないお祖母ちゃま! 今までだまっていて!」

梢がうれしくてたまらなそうにお祖母ちゃまの肩を叩くと、

「ウワーッ!」

ナナが、喜びの声をあげて、赤いスカートをつまんでおどり廻った。

「じゃ、私、買い出しに行かなくちゃ——ね」

サユリは楽しい小さい御主婦さんのような様子で、早速、御献立を考え出した。

間もなく、百合子と梢は「町まで行って来ます」と云って、可愛い手さげを持って、潤叔父ちゃんの話をしながら、いそいそと出て行った。

もうすっかり食事の用意も出来た頃、二階に登って行っては夕闇をすかして見ている譲二とナナが、素晴らしい歓声と共に、ころがり下りて来ると同時に、玄関のベルがなって、潤叔父ちゃんが到着した。

「やァ！」

バリバリするようなバリトーンが響き渡ると、両手に一杯荷物をかかえた、背の高い、色の黒い潤叔父ちゃんは、たちまち、歓迎の波にとりまかれてしまった。

「まァ潤叔父ちゃん」

「うれしいねえ！」

「やっぱり僕等の仲間だ、真黒だよ！」

「もう、ずっとずっとナコ達と一緒にいられるでしょ？　ね？」

潤叔父ちゃんは眼のまわるような様子で、やっと食堂に落つくと、

「みんな、大きくなったなァ、どらどら並んで見せて御覧！」

「いやだわ、まるで小学校の生徒あつかう見たいにして」

梢は潤叔父ちゃんの言い方に笑い出した。

「ふむ、サユリは同じ位、コッペがずんと伸びた、ジョッペもナコも、大きくなったなァ」

「潤叔父ちゃん！　おみやげは？」

譲二が、さっきからウズウズしていたが、やっと口に出して言った。

「ヤァ、忘れるところだった」

潤叔父ちゃんは大きな荷物をほどきにかかった。子供らの向うから、お祖母ちゃまとママまで、楽しそうにほほえんでいた。

「何んだ、何んだ?!」

譲二とナナは首をつき出してのぞいた。

第一に、四冊のあつい本がとび出した、百合子には「クリスティーナ・ロウゼッティ」の詩集、梢には「巡礼の旅」の訳本、譲二には少年少女のために書かれたファーブルの昆虫の話、ナナには美しい絵の沢山入ったアンデルセンのお話の本。

姉妹が、思い思いの声を立てて本の頁をくっている内に、第二の包が開かれて、百合子にはうすいうすい水色のレースの入った美しい絹の洋服地、梢にはこっくりした紺の同じ布地、譲二には望遠鏡、ナナにはピンクの、彼女の言葉を借りれば「まるでプリンセスの着るような」可愛いワンピース。皆がどんなに目を瞠《みは》り、次には声を立て、次には有頂天になったか御想像にまかせよう。

「僕、これ、これ、前からほしかったんだよ」

譲二は、望遠鏡をなでたり、のぞいたりしながら、黒い頬を喜びに染めて、潤叔父ちゃんを見上げた。

「まァ、サユリ、よく似合うわよ、私には少し勿体《もったい》ない、こんなの着た事もないのよ」

梢が言えば、

「一寸一寸、ナコの見て、ねえ、潤叔父ちゃん」

ナナはもう新しい洋服を着てみるつもりでいる。

まだあった、第三の包から出たのは、お祖母ちゃまとママへあたたかい毛皮のショール、パパへ大きな箱の新京のお菓子。

「まァまァ潤チャン、いくらなんでも御散財が過ぎるよ」

ママは弟のおみやげに、少し呆れ顔だった。

この辺で、一寸潤叔父ちゃんを、もう少しくわしく御紹介しよう。叔父さんはママの一人の弟で、もう四十歳近いのだが、妻も子もない、いつもは全くの一人ぽっちだった。父母も、もう他界した潤叔父ちゃんにとって、何よりの憩いの場所は、何んと云っても一人の姉の家庭草場家より外になかった。それに草場家には叔父さんにとって、何物にもかえ難い程、可愛い四人の甥と姪がいた。この二・三年は遠く離れていて、めったに逢えなかったが、その前までは東京に勤めていたから、土曜日毎には必ずこの楽しい草場家の団らんに仲間入りをするのが、どんなに楽しみだったかわからなかった。子供等はこの元気で親切で面白い潤叔父ちゃんを年の少し多い兄のように、親しみ愛した。一人ぽっちで、もう四十歳近い、相当の月給取りの叔父さんは何かとこの姪や甥に贈りものをして、そのよろこびを見るのを愉しんだ。

「潤叔父ちゃんってどうして男のくせに、こんな女の子の洋服地の事なんかよくわかって趣味のいい素晴らしいものを選んでくるんだろう！」

梢が言うと、叔父さんは大声でワッハッハと笑った。

「苦労するんだぞ、なかなかどうして、方々探し廻って、叔父にわかれば世話ないが、いくつ位のこんな女の子には――って聞いて歩くのさ。コッペのその布地だって、店の人はまだ十五か十六では、この方がおよろしいでしょう、と云って、真赤んだのもも色だのを出すよ。さて困って、いや、そのこれは駄目です駄目ですと云うと、何故ですか？　と聞くんだ。その子はエチオピアですから、どうかもっと黒っぽいのを――と云ったね、小さい店員が笑っていたよ」

叔父さんは、面白可笑しく話すので誰も笑わずにいられなかった。

「いいわよーだ」

梢はつんとして見せたがすぐたまらなくなって笑い乍《なが》ら続けた、

「本当はこの色とってても好きよ、潤叔父ちゃん」

百合子は、自分の肩に水色の絹の布をかけたまま、ソファにうずもれて、もう「ロゼッティ」の詩集に目を通しているし、譲二は窓から、望遠鏡で月を見てうかれている。今まで、プリンセスの洋服をひろげたり抱いたりして、おどっていたナナは、この時急に心配そうな顔をして、そっと叔父さんの傍によって来た。

「どうしたのナコ？」

「ねえ、潤叔父ちゃん」

ナナは心配そうに叔父さんの顔をのぞいて、その耳に囁《ささや》いた。

「こんなに沢山、おみやげ買って、潤叔父ちゃん大丈夫？——貧乏になりはしない？」

叔父さんは笑いを爆発させて、

「ナーニ心配してんだ、バカだなァナコは、潤叔父は金持だよ、嘘だと思ったら、ナコのほしいものを片っぱしからせびって御覧、何んだって買って上げるよ。オバカナコ」

ナナは叔父さんの言葉に恥しそうに笑った。でもすっかり安心して、はればれした顔をして、小さい声で言った。

「だって、ナコはうれしくてたまんないけど、もし潤叔父ちゃんが、すっかり貧乏になったら、どうしたって、可哀そうだもの——」

叔父さんは又笑った、そしてナナを膝の上に抱き、自分の顎をそのやわらかい髪にそっとのせた。ナナには叔父さんがどんな顔をしているか見えなかったけれど、百合子や梢がお祖母ちゃまやママと、手に手に御馳走を運んで来た時、ナナは大好きな潤叔父ちゃんの膝の上で、片手にはピンクの洋服を片手には大きな本をかかえて、幸福そのもののようにニコニコしていた。

パパが帰って来て、夕食は山のような御馳走とお話と楽しい笑いとの中に済まされた。

「うまいうまい、いいな、毎日こんな料理が食えたらなァ。どうだサユリ、叔父のコックにならないかい?」

叔父さんは、正《まさ》に二人分のおかずを平げると斯《こ》う言った。

百合子は丁度お茶が口の中にあったので眼をくるりとさせたが、

「毎日こんな御馳走つくるの?」

「そうさ」

「いやよ、御献立考える丈けでも胃をわるくしてしまうわ」

百合子の答えに、梢は、もう少しでお茶を吹き出しそうになって、口をおさえた。

「でも、ずっとこのお家に居れば、毎日だって御馳走して上げるわねえ? サユリイ?」

叔父さんを一日も長くとめておきたいナナが首をかしげて熱心に言うと、

「賛成賛成！　私がサユリの胃のためには、お祖母ちゃまの飲んでいる、ナントカ言うニガイ漢薬を煎じて上げるからいいよ」

梢が言った。百合子はママもみとめている位、お料理は上手だった。

食後の果物を食べながら、叔父さんは、部屋の隅に立てかけてある、三角の鼠色の布地にエンジ色で「M・B・C・」と縫いつけてある旗を見つけた。

「何んだい、あれは？　ジョッペの応援旗かい？」

「違うよ、その――なんて云ったたっけな――コッペ説明しろよ」

咄嗟《とっさ》に、英語の出て来なくなった譲二は、小声で言って、隣りの梢をつついた。

「Merry Birds' Chorus《コーラス》って云うのよ」

梢は、この春から組織された、楽しいグループについて説明した。そして面白がって聞いている叔父さんを見て、急に目を輝かせ、

「ねえ、潤叔父ちゃんも仲間に入れない？」

勿論皆大賛成だった。譲二は、殊に大喜びで、

「助かったよ、潤叔父ちゃん、男は僕一人だったんだもの」

と言った。

「光栄の至りだね。資格とか、何か負担とか云うようなものは無いのかい？」

　こんな事の大好きな叔父さんは、如何にも愉快げだった。

「そうね、今までのところでは、春のピクニックしかしなかったけれど、今にね、劇の発表会って云うのやろうと話してるのよ、クリスマスには勿論やるわ、そんな時には、うんとセリフを覚えなきゃだめよ」

「たまらんな、劇までやらせんのか？」

　叔父さんは口ほど「たまらなそう」でもなさそうに頭をかいた。

「勿論、ねえサユリ」

「ええ、それからほら、この間の夜話し合ったあのコーラスもしない？」

　今度は百合子がのり出して来た。

「それから、お茶の会って云って、うんとお菓子食う楽しい会もしようよ」

　斯う云ったのは勿論譲二だった。その後にもいろいろの相談がされて、各自の鳥の名を紹介すると叔父さんは、

「弱ったなァ、潤叔父は小鳥になれそうもない。まァ、トンビかミミズクかな――」

　賑やかな笑い声が起った。

「でも、ねえお祖母ちゃま、何時の間にかみんなこんなグループなんかつくってやるようになったんだから大きくなったものですね」

叔父さんが少し感慨深げになった。

「ほんとにねえ。サユリはついこの間まで、一日お人形を抱いて遊んでいたし――」

「そうそう、いつも子守唄を歌ったり、お人形と話したりして、一人で遊んでましたね。その間に、コッペは一日中外に出て、棒切れをふり廻して、あの何んとか云ったな、きかない男の子と戦争ごっこをして、――おっそろしい女の子だ、まァ、大した勇ましい姪を持ったものだと思っていましたよ」

梢は叔父さんを見て、おどけて首をすくめた。

「話してよォ話してよォ」

小さい子供等が夢中でせびった。

「何しろ面白かったよ、コッペときたら、大のジャンヌ・ダルク崇拝でね、僕によくジャンヌ・ダルクの話をせびって、何度聞いてもあきないんだ。雪の日でも何んでも棒をふりまわして、戦争ごっこさ。たまに女の子と遊ぶときっと泣かせるし、あらっぽくて怪我をさせるし、ママサンはしじゅうひやひやしていたよ。その反対で、サユリは、ナイチンゲールの話が大好きで、実際一時は女医さんにでもなるかと思ったけれど、だめだめ、傷を見たら気が遠くなる方だものな」

二人の仲のよい姉妹達は、何か小さい頃の事を思い出して、思わず頬を赤らめて顔を見合せた。

「ジョッペは今の通りさ、虫だの蟻だのばかりいじって眺めてよろこんでいたのさ。ナナは恐ろしい泣みそで――おっと、今の話じゃないぞ、――雨を降らせちゃだめだぞ、――甘えん坊で、長い事ママサンのお乳を離さないでこまった、よく叔父にお伽噺をさせた、しじゅうこの膝にのっていたよ、そしてナコはこの潤叔父が名づけ親だ」

「ほんとう?」

ナナはそう言いながら叔父さんの膝にのって来た。

斯うして、その夜はまだまだ珍しいいろいろの話が交わされた。百合子の名づけ親はおばァチャマ梢のはパパ、譲二のはママと言うことだった。それからナナが、「パパは、小さい時からこんなにダマリンボで、フムフムばっかり言っていた?」との問に、お祖母ちゃまはいろいろの面白いパパの少年時代のお話もして下さった。

五月――新緑の頃、誰しもその爽やかさと新鮮さを好まない人はないだろう。鎌倉の海辺近い新緑の頃が、どんなに楽しく美しいものだかを少しお知らせするために、四人姉弟の日記と手紙の一節を載せて見よう。まず百合子の日記から、

五月×日

一週間ぶりに海辺の家に立帰れば、も早や逝く春の名残も止めず、海も、空も紺青の夏

の色深し。裏山に登れば、磯の風そぞろに吹きて、真昼の陽光、若葉の緑におどり、白銀の光となりて、吾が面にふりこぼる。五月の磯風に、松の花粉は煙りのごと、小山の家をさみどりの霞につつみ、家々の庇《ひさし》は、さながら苔むしたるにも似たり。木の間よりのぞめば、空には大凧小凧、高く低く勢《きお》いて、コッチャンもジョッペもあの中にや交らんとおのずと微笑まる。

よきかな五月、麗わしきかな五月。

五月×日

夜来の雨に今朝は強き風さえ加わりて、波の音も物凄き日なり。我等は子供部屋に籠りて、楽しき読書、かたらいに時を過しぬ。昼頃よりは風も止み、波もおさまりたれど、雨は小止みなく新緑の木々を打ちて、一入《ひとしお》緑の映ゆるも美し。午後は叔父上より送られし詩集に読み耽りてしばし外の雨も忘れ居たるに、コッチャンの声に、ふと目をあぐれば雨は何時か小降りになり、四時近き陽の雲間を漏るるに気づけり。

「サユリ、こんな日は虹がかかるよ、きっと」コッチャンの言葉に我もいそぎて本をとじ、退屈せるジョッペ、ナコをさそいて、落日のキラキラ光る裏山に、傘をさして登りぬ。

おお、その美しき眺め。稲村ケ崎より七里ケ浜にかけて、ほのぼのと七色の虹の橋浮べるが見ゆ。皆声をはなちて眺め入りたり。五月雨の降り止みし山峡には、小鳥の唄声満ちて、西陽にきらめく緑の木々より、星の如き雫しきり落ちるも麗わし。四人は、鳥の唄に和して高く合唱しつつ、夕陽美しき浜に下りぬ。此処には、松籟荘の人々――白髪の父君をささえしブラック・レディと、その弟さんとに逢い、今先の美しき虹を共々に語り合えり。弟さんには始めてお目にかかりたるに、お姉さまのブラック・レディは「洋《ひろし》さん」と紹介なされたり。如何にもやさしく、あたたかみのある方々なり。声を揃えてシューマンの「新緑」を歌う。明朝早く、又寮へ帰らねばならず、金曜の夜のサユリと、日曜の夜のサユリと、いかでかくも違うやらん。コッペは、今の我を、「しぼめるサユリ」となん言えり。

梢の日記から、

五月××日

今日は程よい風が吹く

凧あげ日よとよろこんで、

学校へ行くも大元気。

小田急の窓もこの頃は

なかなかどうしていい眺め、
何処もかしこも新緑で、
黎子と二人は首を出し、
成城につくまで歌います。
昼の休みには多勢で、
教員室になだれこみ、
ビッグ・ベア先生を引張って、
櫟《くぬぎ》の林でお弁当。
愉しい話に賑わえば
先生もすっかり気に入って、
午後の国語は願い通り、
緑の中でやりました。
ユミチャンの首にいい、虫が
とび込むまでは本当に
平和に綺れいな午後でした。
皆はこの林に名をつけて、

グリーン・カースル（緑の城）と呼ぶそうな。
お家に帰れば浜からは、
楽しい凧のうなり声！
何んで落ついて居らりょうぞ、
お三時半分はたべかけて、
大凧かついで浜へ行く。
浜には例の御常連、
女子はコッぺとナナばかり、
ナコは小さいとんび凧
私は大きなエンマ凧。
不意の突風に手の皮を
糸で見事にすりむいた
けれど愉快な凧あげよ。
夕方近くに松籟荘の、
洋さんが浜に来て、
一緒に凧を上げました。

ブラック・レディは弟を
まるで小さい子のように
ヒイチャンヒイチャンと呼んでいる。
ジョッペもナコも本当の
弟のように可愛がる
子供の好きな人らしい。
家に帰ればハラペコで
御飯のおかわりものすごい、
夜はサユリに手紙書き。
英語と幾何《きか》の勉強で
もうもう死にそにねむござる。
ではよい夢をごらんなさい。
梢の日記はよく斯うした即興詩がある。次は譲二のお祖母ちゃまへの手紙の一節。
お祖母ちゃま、僕、今日学校で、僕の友人の童謡を作りましたから、見せます。

　けむし
けーむし、けむし

毛だらけ、けむし
　もじゃもじゃけむし
へーんなけむし
おかしなけむし
朝から晩まで
　木の上で
ムシャムシャゴリゴリ
　おいしかろ
はっぱの味がおいしかろ、
木がいたいいたいと
泣いてるぞ。

みんながこれ見て笑います。僕、でも四重まるをもらいました。お祖母ちゃま、毛虫、面白い虫だと思いませんか。今、松の木にも桜の木にも、うようよ毛虫の小さいのがいます、僕、とっても毎日見ているのが好きです。この夏には毛虫のケンキューをするつもりです。そして、いろんな種類のを集めて見ます。お休みにはおばァちゃまの家に泊りに行って、蝶だのバッタだの、集めます。今度、とても立派な毛虫の絵を見つけました、今度見せて上げましょう。家の人は誰もこんな美しいものがわかりません。虫だって蝶だって蛾だって、毛虫だって、手の上にのせてようく見てごらんなさい、それはそれは不思議な美しい織物や、毛織の着物を着ています。なぜあんな立派な美しいものをいやがるのでしょう。

×　×　×

ナナの日記

五月××日

今日は早くから帰って来て、浜に出たら、今西の小母様が遊びにいらっしゃいと、おっしゃったので、行きました。夕方まで大層楽しく遊びました。夜は潤叔父ちゃんにいただいた御本で「マッチ売りの娘」を読んで泣きました。明日はミツ子サンのお誕生日なので、あの美しいプリンセスのお洋服を着てもいいとママがおっしゃったので、うれしくてうれしくてたまりません。今、潤叔父ちゃんとサユリに「マッチ売りの娘」のことをお手紙に書きました。

（著者申す――相州海岸、わけても鎌倉では一月には凧上げをせず、五月端午の節句の頃に皆浜に出て上げる習慣があります。その頃は毎日風が出るからでしょう）

九、夏の楽園

「ナコ、ナコ、一寸来て御覧」

初夏の陽差の明るい庭で、譲二がポケットに手をつっ込んで笑っている。

「何に？」

ナナは下駄を引っかけてやって来た。

「いいもん見せてやろう」

譲二はポケットをそっとなでて見せた。

「何にってば、見せて」

「そーれ！」

譲二が長い紐をつかんでナナの眼の前につき出した。

「キャーッ‼」

それは、もの凄いナナの悲鳴だった。譲二の右手には大分大きなヤマカガシが這っていたのだ。

「いやだよ」

二階からママの白い顔がのぞいた。

「何やっているの？　譲や、ナナはなんだってそんな身ぶるいするような声をたてて――」

「だって、だって、ナコにいいもの見せるって言って、蛇をつきつけるんだもの――」

ナナは泣声をあげて、家にころがり込んだ。

「おおいや。譲、あなたママにお約束したじゃないの、ナコを虫でいじめない事、人にいやな思いをさせないように、その虫や蛇はそっと人に見えないところにしまっておく事って、――上等な学徒なら、自分の研究材料で妹をいじめる事なんかしない筈ですよ」

ママはいつかの晩、譲二の言った言葉を思い出して、ピシリと言ってのけた。

「ふん」

譲二も返す言葉も無く頷いたが、小声で斯《こ》う言うのだった。

「僕、本当にナコを教育してんだよ、何時までもそんなに怖がっていたら、虫と一緒に『博物学者の家』になんかとても住えないもの」

そして間もなく、

「ナコ、本当は僕、このヤマカガシに催眠術をかけて見せてやろうと思ったんだよ」

と言った。ナナがおそるおそるガラス戸から首を出すと、譲二は、

「いいかい、見てろよ」

と、草の上に、蛇を置いて、右手でそろりそろりと蛇の頭を撫でながら、鼻の下を長くして、モゾモゾと何か称《とな》え出した。蛇は本当に一寸の間はじっとしていた。ナナは思わず縁までにじり出て来て、この奇妙な顔をしているお兄ちゃまと、じっと動かない蛇とを不審げに見入っていた。

譲二は、裏庭の隅に、古い木片れで建てた——豚小屋と呼ばれている小さい小屋に手入れをして、この蛇を飼い出した。譲二はよく蛇の食糧に川に蛙をつかまえに行った。

「ああ、僕、残念な事したな、来年こそ、学校の池からお玉じゃくしをもらって来て蛙にそだてよう。——ヘビ君のオマンマで毎日大苦労するや」

「オータマジャクシハカエルノコ
ナマズノマゴデハナイワイナ
ソーレガナニヨリショーコニハ
アトデテガデル、アシガデル」

一人言の後の方は奇妙な歌となった。

斯んなにして一日一日と暑さを増し、七里ケ浜の海辺には、もう気の早い海水浴の人が

見うけられる頃になると、百合子も最初の一学期を終えて、いさんで海辺の家に帰って来た。

草場家の姉弟は、海辺に海水浴の人のあまり来ない内、思う存分泳いだ。尤も七里ケ浜の稲村ケ崎よりの海水浴は、ほんのこのまわりの別荘の人々丈けだったから、そんな大したお祭り騒ぎはなかった。

七月はじめの海は少し冷たいが、波もしずかで本当に海を楽しむ者には、反って嬉しかった。小さい時からこの海辺に育った姉弟達はまるで海の子で、河童のように泳ぎが達者だった。「M・B・C・」の小さい旗の立つ下の砂浜には、水色と白の水着を着た百合子が、白い頬も流石《さすが》に赤黒く陽に焦《や》けて。それと並んで、紺の水着に白い帽子をかぶった梢が、暑くやけた砂に腹這いになって、足をばたばたさせながら何かしゃべっていた。その頬は、譲二のと共にもう黒光りがしている程だった。潤叔父ちゃんは、よく泳ぎにやって来たので、松籟荘《しょうらいそう》の洋さんも仲間入りをして、競泳をしたり、西瓜《すいか》取りをしたり、浜でボール投げをしたり、朝凪《な》ぎや夕凪ぎには、ボートを漕いだり、楽しい幾日かを過した。

その時分から浜には、華やかなビーチ・パラソルや、譲二に言わせると「趣味の悪い」人達の姿が見うけられるようになった。

姉弟はもう、めったに泳がなくなってしまった。

　暑い八月の日差しに、庭の草木もぐったりとなり、日まわりもその大きな頭を重たげにうなだれている真昼に、譲二は濡れ手拭いを頭にかぶり、まるでうで蛸のようになりながら、もうさっきから二時間余りもしゃがんで、じっと地べたを見つめていた。ナナが木蔭からそれを見ながら、時々走りでて来ては、譲二の頭から手拭いを取って、井戸でぐっしょりぬらして来る。

「私、時計見ているのよ、今止めるか今止めるかと思って、もう二時間半にもなるわよ」

　梢はママを顧みて、呆れたように言った。

「もう私、さっきから三度も四度も、体にさわるからって、止めるように言うのだけどきかないんだよ」

　ママがお針の手を止めて真夏の陽のギラギラする庭を見やった。

「蟻の研究しているのよ。ゆうべね、ファーブルが真夏の往来で、一日しゃがんで、じっと地面を見ていたので、お巡りさんに狂人と間違えられたって話を読んで、すっかり感激しちまったらしいのよ」

　梢は、笑いをかみしめて、唇をゆがめた。

　ママは頭を振って、

「いやね、御苦労さまだわ。コッチャン、あなた海へでも引っぱり出してくれたらいいの

に。ナナが心配して、水を飲ませたり、ぬれ手拭いをかけてやったりするからいいような
ものの、あの子一人ほっておいたら、ほんとに日射病になってしまうわねえ」

そう言いながらママは額の玉のような汗をぬぐった。

梢はギラギラ照りつける庭の陽ざしから、松林の向うのざわめきをすかして見て、両手
を伸ばしてだるそうに言った。

「ああ、この海辺に夏さえなかったら、どんなに、わずらわしくなく、いいかなァ――」

「でも、逃げ場所があるわ」

楽しそうな声と一緒に、百合子が、厚い本をかかえ、小さい三脚椅子を持って、涼しげ
な様子で出て来た。

「何処《どこ》に行くの?!」

「パラダイスよ、――」

すぐ梢の眼はおどった。朝から暑さと退屈さで、弱りぬいていたので。

百合子は、梢にさそいかけるようにニコニコした。

「パラダイス――って?」

「高い涼しいとこよ」

「ああそうか！」

すぐ気のついた梢は、「一寸待って」と云うと、二階に飛んで行き、間もなく、小さいお伽噺の英語の本を持って、ニコニコしながら下りて来た。

「兵糧《ひょうろう》は？　夏蜜柑がいいね」

梢は又、食堂にとび込んで袋に夏蜜柑、チョコレート、ボンボンをつめ出した。

「ジョッペ、ナコ、行かない？」

百合子が縁から声をかけると、庭の二人は不審げな顔を挙げたので、梢はすぐに窓から袋と、ボンボンの入れ物を振って見せた。すると二人は、何んの説明も要求せずに、お姉さん達の真似をして、それぞれ本と、花瓶敷の編かけの道具を持ってやって来た。

四人共つばの広い帽子をかぶって、賑やかな海岸の道をさけて、裏の方から稲村ケ崎へ足を向けた。途中で家主の小母さんに会うと、四人が何処へ行くか大体想像をつけた小母さんは、

「まァまァお暑うございますね、一寸私の御馳走も持って行って下さいな」

と云って、今造ったばかりだと言うフルーツ・ジェリーにスプーンをそえて、大きな箱の中に入れてくれた。

「まァ、私達の今行く処には、少し贅沢過ぎる御馳走ねえ」

百合子をはじめ、皆で御礼を言って、いよいよ道のない稲村ケ崎の裏側から登り出した。

松籟荘は稲村ケ崎の中段にあるとお話ししたが、今四人の子供らがたどりついたのは、もう一段上、つまり稲村ケ崎の頂上の突端《とったん》だった。

道のない藪をわけて登りついたこの頂上、それは、松籟荘からの眺めより又壮大なものである事は御想像がつくだろう。突端はごく狭って、三方にはひろい碧海が何んの遮るものもなく展《の》べられていた。

四人は、帽子を脱いで、汗ばんだ額を涼しい磯風にさらして、暫く立ったまま、午後の陽に照り映える夏の海や、沖に見える沢山のヨットや、水平線から湧き上る白い入道雲の輝きに見とれていた。

「この場所に、あれから誰か来たんじゃないかしら？」

梢が足下を見廻しながら急に言い出した。

「そう？　どして？」

「だって、ほら、前に私達来た時、草の上に松の枯葉がつもっていて痛かったじゃないの、それが、こんなに草の上が綺麗になっているよ」

梢は云いながら草の上に両足をのばし、太い松の古木に身をもたせた。

「本当ね、私達ったら不精なんだから、少し位痛くっても、ほっておくんですものね。それはそうと、今日随分ジョッペもナコも、おとなしく登ったわね、この前は道がないって随分駄々っ子だったけど」

百合子は真赤な頬をして、地べたにあぐらをかいた譲二たちを見ながら、自分も一番隅の方に陣取った。

「それや、サユリ、ちゃんと二人の強壮剤があったからさ」

梢は横目でジェリーの箱を見、二人のチビ達を見て笑った。

早速サユリの手で、ジェリーやお三時が開かれ、一寸は賑わったが、間もなく百合子は、ボンボンを二つ三つもって隅に引込み、静かに本を読み出した。梢は英語のお伽噺を、うんと抑揚をつけて読みながら、首をひねりひねり、

「英語劇をしようかと思ったけど、そうすれば、こんな妖精だの王女だのばかり出て来る子供っぽいのしか出来ないしなァ――」

と困じていると、百合子から教わったレース糸の手芸に熱心のナナが顔を上げて、

「いいじゃない？　それで。妖精や王女が出て来なくちゃ、劇したって面白かないわ。コッチャンのは何時も、ボロボロの着物着たのだの、見てても気味の悪い、おっかない人が出て来るのだので、一寸も綺れいなのってないのねえ」

「そうさ。そう云うのが面白くなるようでなくちゃ、まだまだ話せない。――」

梢は又、もぐもぐと声を出して読み出した。

譲二は、昆虫記に読みついて、ウンともスンとも音を立てない。

「あら、一寸一寸、サユリ、いい、聞いてんのよ。『継母は赤くなり、青くなり、そして黄色い顔をして怒り、』……だって、七面鳥じゃあるまいし――」

梢が又沈黙を破って笑った。

「そう、私も、よくそんなのに出逢ってよ、西洋人って、すぐ顔の色を変えるらしいの、そしてとても女の人は、すぐ気絶しちゃうのよ。お話読んでても、本当の事でも、そうらしいの」

百合子が言って、目を閉《つぶ》って頭を後へやって見せた。

「へえ、一寸面白いね」

梢は眼を円くして言った。又二十分ばかりの間、四人の間はしいんとして、海から吹く涼しい風が、姉弟の間を縫うて行き過ぎた。

ふと、下の方から、人の登って来るけはいを感じて、皆思わず後をふりむくと、がさがさと云う音と一緒に、これも意外らしい面持ちで、松籟荘の、ブラック・レディ小母さんと洋さんが顔を出した。

「あら、小母さま方だったの、安心した」

梢がまず第一声を発すると、皆頬をほころばせた。

「御勉強じゃお邪魔じゃございませんの?」

小母さんは弟に助けられながら頂上に登りついて、皆をやさしい笑顔で見やりながら、一寸足を止めた。

「いいえ、どう致しまして。そんなキンベンサン達じゃございません」

梢についで百合子も声をかけた。

「どうぞ。私たち、どうせ涼みに来ましたの」

「じゃ、お仲間に入れていただきましょうかしら」

小母さんにつづいて来た洋に、譲二は小さい紳士らしい立派な挨拶をした。

「どうぞ、お菓子召上れ」

ナナはボンボンの箱をひらいて二人の新しいお客様をもてなした。

「ここ、お掃除して綺麗になさったの、小母様でしょう?」

梢の問に、小母さんは笑いながら、

「ええ、この間初めて、ヒイチャンに連れられて来て見ましたら、あまり坐れない程痛いんでしょう、それで一寸手でよせましたのよ、本当に此処《ここ》はいい景色ですのね、涼しいし」

「小母さまのなさりそうな事ね、私たちったら度々来るんですのに、いたいいたいって云いながら我慢して坐りますの、で、今日はコッチャンとどうしたんでしょうって、不思議がっていたところなのね？」

「そうよ。私たちも此処は大好きで、サユリなんか、パラダイス（楽園）って言うのよ」

梢の言葉に、洋がこっちを向いた。

「本当に、夏は、いいですね」

話ははずんだ。洋は譲二の読んでいた本を見て、

「ああ譲ちゃんは、ファーブルが好きだったんですね」

「そうですよ、とっても偉いんだもの、洋さんは読みましたか」

譲二は、外ではいつも小さい紳士のようだった。

「ああ、僕も随分夢中で面白く読みました。今、何読んでいたの？」

「あの――そのオ――小さい虫です、――クソ虫ですよ」

譲二は吃《ども》りながら、最後の所を恐しく早口で言ってのけた。大層お行儀の悪い名前だと思ったので。

「面白い虫ですね」

洋は、本の頁をくりながらニコニコして、この小さい真面目な愛すべき博物学者を見やった。

「知ってますか、僕、ね、とっても興味があるんです、是非見たいんです」

譲二は洋をつかまえて、熱心に日頃の抱負を語っていた。

「百合子さん」

やさしい小母さんの声に、一寸気づかずにいた百合子は、すぐに頬をそめて、

「まァ、私ったら、百合子って呼ばれる事がないもので、他の人のような気がしているの、――百合子って使うのは、学校の答案に書く位なものなの、どうぞ小母さま、サユリって呼んで下さらない?」

百合子の様子ににっこりした、小母さんは、

「まァそうでしたの、ではサユリさん、貴女ね、この間の塾の劇の会の時、もしや、オフイリアをなさりはしませんでしたの?」

「まァ!」

百合子の頬はますます赤くなった。梢は勢い込んで、

「そうなの、小母さま御覧になって?」

「やっぱり! ほんとに、びっくりする程お上手! まァ、どうしても、あまり似ていらっしゃるんでしょう? でも、私の存じ上げているサユリさんは、とてもこんな事なさりそうもないと思ったもので、自分の考えを頭から打消してかかっていましたの。丁度あの

日、南野先生に御用があって、一寸塾に参りましたのよ、——でも本当に、よくなさいましたわねえ」

小母さんの嘆美の目に、百合子はますます小さくなってしまったので、梢は代って答えなければならなかった。

「惜しい事したわ！　私たち学校で、そうそうおまけにあの日テストで、どうしても行けなかったの。でも小母さま、あのオフィリアやるのだって、家中一騒動だったのよ。遊佐さんてサユリの御親友がハムレットになるので、どうしても、オフィリアにサユリになってくれってきかないんですって、——で、どうしてもいやがって、それでも、皆がサユリをよさせないもんで、——でも、何時だって、家では私たちとお芝居しているし、いやだいやだって云っていても、いざとなると、とってもうまいでしょう？」

小母さんと梢の間に、この話で花が咲いた。終にサユリが両手で頬をおさえて、眼に涙さえ浮べて、

「お願い、もうよして。私、あの時の話されると、冷汗が出るの——とっても、遊佐さんたら泣かせてまでひっぱり出すんですもの——」

百合子のやさしい眼は恨めしそうでさえあった。

間もなく小さい連中も一緒になって、洋が手に一ぱい草を持って、その中から結び目の

ついたのを引いた人は、何か気のきいたお話か、面白いお話をすると云う事になった。

第一にナナに当ってしまった。

「困ったなア、ナコ」

しんそこから困ったらしいが、しじゅう、家で、こんな事になれているので、大したおじけもせず、話し出した。

「面白いお話なんかないの、でもいいでしょう?」

「ええええ、何んのお話ですの?」

いつも小母さんの声は人をひき入れずにおかないように、あたたかくやさしかった。

「お兄ちゃまのお話なの、そしてナコと」

ナナは、正式に『お兄ちゃま』と云うよそいきの言葉を使って話し出した。

「ナコ達の学校の傍の道に、それはそれは乱暴ないじめっ子が六七人、毎日帰りの頃、横丁からとび出して来て、石を投げたり、棒をふりまわして女の子を泣かせたり、怪我させたりします。私もこわくってこわくって、毎日、ミツ子チャンと、ジョッペの帰りを待って、一緒に帰る事にしました。でね、いつもその道に来ると、ジョッペが、棒で防いでいて、その間に私たちね、ミツ子チャンとナコは、とっとと逃げ出して、やっと大通りまで来て、ジョッペを待っています。ぶたれやしないかと思って、ミツ子チャンもナコもびくびくして、道をのぞくと、ジョッペも間もなくやって来ます。ジョッペ、とっても、強いのよ！」

ナナは一寸口を結んで、譲二に尊敬と親愛の眼差《まなざし》を送った。

「よせよ、ナコ」

譲二が睨んだので、洋はうながした。

「いいね譲ちゃん、それから？　ナコチャン」

「そして、あんまり、いじめっ子がひどいので、或日、ジョッペの蛇をポケットに入れて行って、それでおどかしてやろうと思ったら、ママに見つかって、そんなの卑怯《ひきょう》だから、手出ししないで逃げていらっしゃいと言われました。けれど又或日、あついあつい日に、その道まで来ると、いじめっ子は道の真中にかたまって、何か見てさわいでいました。私達が傍を通ると、大きな大きな青大将が、白いお腹を見せて死んでいました。他の人はみんな気味悪がって、道のすみの方を通ります。ジョッペは皆の中に入ると、いきなり手でその青大将をつかんだので、いじめっ子達はキャーッと云いました。ナナはジョッペが、皆に蛇を投げつけるのだと思って、もう、ハラハラしました。すると、ジョッペは、傍の川の中にポンと蛇の死体を投げ込みました。私たちはホッとしてお家へ帰りました。次の日も、びくびくしてその道を通ると、棒きれを持った、子供達は、バラバラと道をひらいてじっとしています。一人の子なんかジョッペに敬礼をしました。ジョッペもシッケイをすると、みんな道の両側で敬礼しました。ミツ子チャンは、ジョッペがまるで王様のようだと云いました。ナナは私たちがプリンセスのようだと思いました。それからいつも敬礼します」

皆、いろいろの思いを込めて、「まァ」とか「ふーむ」とか声をたてた。中でも小母さんは眼に一杯涙をためて、しみじみ言った。

「まァ、いいお兄ちゃまですねえ」

洋は、譲二の男らしい、態度に感心した。

二人の姉さんも勿論妹のナナも、ニコニコして、自分たちの兄弟のほめられた事をうれしく思っていた。

次は梢が当った。話上手の梢は一寸首をかしげたが、

「何んにも、この頃ないんだけど、じゃ、この間の音楽会の時、小学校の三年の子供たちが輪唱をやったの、その時の有様を御紹介します。その歌を聞くより、その一人一人の歌い方を見る方が面白かったのです。まずね、こんな子がいるの、トレモロで歌おうと思ってね、下顎を、ガクガクガクガク動かして歌います。顎をこうつき出して、一寸こんな具合よ、

夕べの鐘がア……
し……ずかァ…に…な…る…よオ……
ビ……ん、ぼオ……ん
ビイ……ん、ぼオ……ん」
梢の、巧みなジェスチャー入りの歌いぶりは、もう皆のお腹をよじらすに充分だった。
「も一つあるのよ。もう一人の子はね、顔を天井に向けて、両手をこんな様に、力一杯、下に伸ばして、まるで金時みたいに、力んで真赤になって歌うのよ、こうよ、
大きな時計がカッチン、カッチン
小さな時計がカッチンカッチンカッチンカッチン、
懐中時計がコチコチコチコチコチコチ――
その中で、女の子は、まるで高い金属性の声をふり上げて首をふりふり歌うかと思えば、も一人の男の子はね、斯う一所にギョロリと眼を据えて――」
梢は本当に眼をすえて見せ、
「そして片手を調子取るのに、文字通りふりまわして歌うのよ、こんなに、
小さな時計がカッチンカッチンカッチン
懐中時計がコチコチコチコチコチコチコチ――」

皆の笑いは容易に止らなかった。百合子もナナも、小母さん等は眼にハンカチをあててしまった。

梢は、あまり活躍したので咽喉をかわかして、皆に夏みかんをすすめ、自分も食べ出した。

「面白いコッチャンだねえ」

そう云った洋に梢は夏みかんを「宜い？」と云って投《ほお》りながら、熱心に、

「本当に、こんなに可笑しがったり、面白がったりする人に、毎日の学校を見せて上げたいわ、面白い事だらけよ」

何時か海の上には、夕方の色がたちこめていた。皆は、何んとなく名ごり惜しく立上り、今さっき梢の歌った、短い歌を輪唱しながら山を下った。松籟荘の姉弟も、美しいメゾ・ソプラノとテナーの持主だった。

夕べの鐘が

しずかになるよ

ビーン、ボーン

ビーン、ボーン……

十、水によせて

それは美しい夕方だった。

初秋のしのびよった海辺には、彼の華やかさは全く失せて、もうすっかり顔なじみになった、幾人かの親しい人で海を楽しむ事が出来た。

「何んて美しい夕映でしょう！」

百合子はぬれた波打ぎわに立って、梢をかえりみた。

「ね、もう、こんな静かな美しい夕方はめったにないし、ボートでも出さない？」

梢の元気な声に、

「ああ、いいねえ！」

と潤叔父ちゃんがすぐ賛成して、貸ボートの小屋に走って行った。

大きいボートはすぐ渚に出され、譲二、ナコが、大喜びでとび乗ると、叔父さん、洋さん、百合子、梢《こずえ》がぐっと押す。百合子と梢が乗り込み、淑父さんと洋が、乗ると、波と一緒に、ボートはぐらりと大ゆれして、水を飲んだ。

「あ、あ、危い！」

ナナが悲鳴を挙げると、叔父さんはオールを握りながら、

「何んだ？　ナコ、尋常に悲鳴なんかあげると、クラゲが笑うよ。ボート位ひっくり返ったって、ナコは大の河童じゃないか」

楽しい人々を乗せたボートは、叔父さんと洋とのオールにあやつられて、沖へ沖へと進んで行った。

「よしてくれよ、叔父ちゃん！　クラゲの話されると、古傷がモゾモゾ痒《かゆ》くなるよ」

譲二は、思い出したように、まっかな腕をたたいた。

海は全く凪《な》いで、広い広い湖水のようだった。

真紅な太陽が江の島の上に落ちかかると、空も海も全く、あの筆にも色にも出す事の出来ない、オレンジとピンクとうすい紫をぼかした夕映の光につつまれてしまった。

「綺麗ですねえ！」

「めずらしい、本当にこんな夕映は珍しいですよ」

「いいなァ、だから海は去られないわけよ」

こんな会話の内にナナは舟べりから手を出して、その美しく染まった、海の水をすくっ

て見た。波も薔薇色に光り、まるで大しぼのちりめんのようにひろがって、ボートの六つの顔はどれも夕映にそまって輝いていた。

美しい景色には、いつも一番魅せられる百合子は、きらめく夕映の海に、すいつけられるような眼をむけて、その唇からは思わずあのシューベルトの美しい『水によせて歌える』のメロディーが流れ出た。それは夕映の真紅に映える湖水に舟を浮べて歌う舟人の歌だった。無意識に歌っている百合子の小声は美しく澄んでいた。少しうつむいた白いその頬に薔薇色の波が映えていた。

ふっと顔を上げて、梢に話しかけようとした百合子は、向うから、じっと大きく目を瞠《みは》って自分をみつめている洋の眼を見て、急に口を結んでしまった。夕映の中で百合子の頬に、血ののぼったのは誰にも気がつかれなかったけれど、

「ああ、いい唄だな、サユリ、も一度歌って御覧」

と叔父さんが例の元気な調子で言ったけれど、百合子は首を振って、泣きそうな顔をして、

「いや！」

と言った。

皆、よくしゃべり、楽しい一時間を過して浜に帰って来た時は、もう空に一つ星がかす

かにまたたいていた。

「ああ、いい夕方だった。又漕ごうな」

叔父さんは、もう仕事をしまいかけている貸ボートの小父さんに舟を引渡すと、ジョッぺとナコの肩を抱いた。

「サユリさんは？」

洋の声に皆気がついて、見ると、もうどこにも百合子の姿は見えなかった。

「ああ、さっき、走って行ったよ、家に帰ったんだよ」

譲二が言うと、

「何故、又バカに急いだんだな」

叔父さんが不審げに言う。

「ねえ、こうなのよ、さっき、サユリ、自分で気にとめないで、この頃よく歌う唄を歌ってたの。私たちが気がついて耳を傾けていたりした事を知ると、すぐやめて二度と歌わない事をよく知ってるし、それに、サユリの歌うのを聞いてるの大好きだから、私知らんふりしてたの。そしたら洋さんが、耳を傾けたので、サユリは気が付いてびっくりして止めちまったのさ。それで、皆の気のつかない内に逃げ帰ったの。サユリときたら、とってもとっても恥しがりったらないのよ」

梢は笑いながら、無邪気に長々と説明したので、叔父さんは合点《がてん》が行ったとばかり、大声で笑って、

「サユリだねえ、おっそろしく肝が小さいんだから」

梢達が洋と別れて、家の風呂場に廻ると、もうちゃんと、洋服を着た百合子が、台所でマサさんの手伝いをしながら、

「お帰り！　御馳走があるわよ」

といつもの百合子らしく、フライパンを持ったまま元気に皆に声をかけた。

×　×　×

九月に入って、三四日も過ぎると、何日も何日も雨の日が続いて、まるで十月末のような肌寒さだった。

五日ぶりに雨の晴れ間を見て、すっかり退屈しきっていた。靖彦は、このみをさそって庭に出た。

「お風邪ひいているから、あんまり外に出ると又五十嵐さんに叱られるわ」

このみは心配相に家の方を顧みた。

「何んだい、家政婦なんか怖かないよ」

靖彦は、メリンスの着物を着て、咽喉巻をしているこのみの手をぐいぐい引いて、庭の

奥へ入って行った。

日高家の庭は、随分広くて、鎌倉山の所々に点在する、みどり色の水をたたえた池が、この庭の奥にも在った。

大きな杉や松の古木に覆われた池は、真昼でもうす暗く、何時も美しいエメラルド色にしずまり返っていた。其処は夏には子供等にとって何よりの遊び場で、小さいボートを浮べて、楽しむ位の広さもあった。

靖彦は、この池が大のお気に入りで、この夏中に、ボートを漕ぐ事も出来るようになったので、本当は大人の人か黎子と一緒でなくては、漕いではいけないと厳しく言い渡されているのに、何とかして、一人でこのみを乗せて、漕いでみたくてたまらなかった。

「乗せてやるよ、ね、みいみ」

靖彦は、もう大得意で、ボート小屋から、一番小さいボートを引出した。

池は連日の雨に、非常に水かさを増して、いつもの美しいエメラルド色も、すっかりにごっていた。池の畔りの杉の大木を通して、少し午後に廻った薄日が、弱いやわらかい光線になって池の上にゆれていた。

「さ、お乗り！　みいみ」

靖彦は先にボートに乗込んで、岸に呆《ぼん》やりしている、このみに手をさし出した。

幸か不幸か、四辺《あたり》には誰も、この二人を見るものがなかった。

「だって、――いけないでしょう？　二人丈けじゃ」

このみは滑りそうな水端から退いてためらった。その小さい顔には、この少年の一度言出したら決して後にひかない気質を知っているので、少しずつ不安な色が漂い出した。

「かまうかい！　僕はうまいんだぞ、僕、何時だって、上手に漕いだじゃないか、お乗りよ！」

靖彦の顔に、もう一ぱい不機嫌の色が漲《みなぎ》った。

「でも、ね、叱られるわよ、いけないって言われているんですもの、お姉ちゃま呼んで来て一緒に乗りましょう」

「みいみ！　よせ。僕と乗るのが怖いのか？　僕が漕げないと思ってんのか⁈」

靖彦の顔には、もう青筋が立ち出した。このみは悲しそうに、少しおろおろしながら、

「そうじゃないの、ただ――ね――お姉ちゃま呼んで来ようと思ったの……ね、待ってて、今すぐ呼んで来るから」

このみは何時まで経っても靖彦が言う事をききそうもないのを見て、急いで黎子を呼びに走り去ろうとした。楽しい冒険をしようとしていた靖彦は、かっとしてボートの上に立上って、このみの手を力まかせに引張った。

あっと云う間にこのみの足下の土がゾクゾクと崩れた、――恐らくは連日の雨のために、くずれかかっていたのだろう――このみの小さい体は仰向けになったまま、深い池の中に吸いこまれてしまった。

目の前に、この恐しい光景を見た靖彦は、息のつまる程驚いた。挙げようと思った声も出ず、一時は、あまりの恐しさに気も転倒していたが、ぐっしょりとぬれた、このみの頭が再び水面に浮び上った時、はっとして手に握っていたオールを差出した。

このみは夢中でオールにすがりついた。

「お、お姉ちゃま、お姉ちゃま」

真蒼な顔を挙げて、このみの紫色の唇から最初について出た言葉だった。

「誰か！　来て‼　来て！」

靖彦はしっかりとオールを抱きながら、カサカサに乾いた唇から、しぼるような声をはり上げた。ボートは何時の間にか岸を離れてしまっていた。

「助けて！」

靖彦は声を限りに叫んだ。

もしこの時、散歩がてら庭を歩いている、黎子が居なかったら、この広い庭の隅から、いくら靖彦が命のかぎりの声で、助けを叫び求めても、いつまでこのみは、雨あがりの冷たい池に体を漬けていなければならなかったかわからない。

黎子は、木立を縫って来るただならぬ靖彦の声に、すぐ一番恐しい事を頭に浮べて、下の池へ走って行った。

眼の前に、二人の子供の様子を見せつけられた黎子はまるで夢中になって、もう一隻のボートを引出し、二人の子供の傍にこぎよせると、すぐにおびえ切っているこのみを抱き上げた。

夏と云っても、もう九月。長い雨の後の、冷たい池に落込んだこのみは、顔色もなくなって、ただガタガタふるえていた。黎子は黙って、しっかりと自分の胸に、ぐっしょりぬれて水のしたたるこのみを抱きしめ、走るようにして家へ帰った。靖彦が、どんな様子で、その後を追って来たか見る余裕もなかった。胸には不安が一杯だった。このみはもうずっと風邪をひいていたし、あの池の水は決して綺麗ではなかった。

黎子は家に行きつくと、驚きのあまり、おろおろしている女中たちに手伝わせて、このみの体をすっかりぬぐい、医者を呼びにやった。このみは一度沈んだ時飲んだと見えて、大分水を吐いた。あたたかくくるんで床に入れた時黎子は、どうか何事もなくこのまま済んでくれるようにと心から祈った。

「お姉ちゃま……」

床の中から青い顔をしたこのみは、黎子を見上げて始めてさめざめと泣き出した。

「ああびっくりしたんでしょう、ね、もう大丈夫よ、みいみ、寒くはなくって？」

黎子も始めて、やさしく声をかけた。このみは泣きながら、頷いて、

「ねえ、みいみの傍に居て、ずうっと、ね」

「ええ、居ましょうね、もう安心よ、みいみ」

黎子は、目の熱くなるのをこらえて、やさしく、にっこりして見せた。黎子は何故池に落ちたか訊こうともしなかったし、このみも何にも話そうとしなかった。

黎子のほっとしたのも束の間で、このみは、恐しい悪寒《おかん》におそわれた。

「ほんとに！　まァ何んと言う事でしょう！　あんなに厳しく御二人で行ってはいけないって、云ったのに！　あの靖彦さんの仕わざに相違ありません！　ええそうですとも、悪戯《いた》《ずら》がひどすぎます、増長が過ぎます！　ほんに、御前さまのおなさけで、この御家に置いていただくものが」

五十嵐さんはもう蒼白になって、さっきから、憤々《ぷりぷり》し続けていた。

「止めて、五十嵐さん、お願いだから」

黎子は、ガタガタ歯までならしてふるえているこのみを見乍《なが》らひくい声で云うと、このみは、紫色の唇を開いて、

「みいいみだって悪かったの」

と繰返し繰返し言った。

湯タンポをいくつ入れても、布団を幾枚かけても、ベッドがきしる程の戦慄《せんりつ》はとまらなかった。

一分間位、ほっと息づくと、又すぐに足の先から頭の先まで、ゾッとする悪寒が走ってこのみの体はもう疲れ切っているのに、ガタガタとおそろしい顫《ふる》えが止らなかった。

黎子は、出来る事なら自分が代りたいと願いながら、痛々しいこのみを、布団の上からしっかりと抱いてやっていた。

「お姉ちゃまが……そうして……いて下さる……と、ふるえ……るのがずっと……ずっと……少なくなる……の……」

このみは顫えながら、蒼白い唇に、可憐な微笑を見せてそう言った。

一時間近くたつと、やっと顫えはとまって、ぐったりとなって眼をつぶった。次には四十度以上の熱がやって来た。蒼白かった顔は今度は真紅にツヤツヤと熱ばんで来た。

「なァに、これは悪寒の後の熱で、誰でもきっと昇る、三時間も経てば、すっかりひいてしまいますよ」

医者はそう言った。黎子もそう思っていた、けれど、熱は次の日も依然として三十九度。

次の日は四十度まで昇って、医者は首をひねりながら、とうとう肺炎になってしまったと告げた。一番わるい事に、黎子は小さい時から、このみが心臓の弱い事を知っていた。

黎子は痛ましいまでに振い立った。あの弱々しい女の子と思えないまでに、強いしっかりした態度で立ち上った、その白い顔には、姉と云うより、むしろいざと云う時の母親のような、深い強い愛情が燃えていた。

看護婦が来たが、黎子は一時もはなさないこのみの傍につききりだった。部屋の中は春の終りのように、水蒸気でけぶり、このみはその中で、ベッドに仰向にねたまま、大きないたい注射と、にがい薬と、高熱と息苦しさにせめられながらも、この位の小さい女の子にしては珍しい程、おとなしくしていた。が黎子が一寸でも見えなくなると、すぐ泣いて、呼んで来てくれとむずかった。

梢がこのみの病気を知った時、一日、御飯もろくに食べずに心配して、恐しい顔をしていた。梢は何とかして少しでも黎子を、慰め、体も休ませてやりたいと願ったし、一つはこのみの容態が心配で、居てもたっても居られなくて、毎日のように自転車で、鎌倉山へ通った。毎日のように、黒い頬を赤くして、とんで来てくれる梢、いつもおどけたり睨んだりしている眼が、あたたかい同情と、慰めに満ちて、言葉少なに、けれど心から力づけてくれる梢は、黎子にとって、どんなよい慰め手であるかわからなかった。

「コッチャン、ほんとに大丈夫？　どうしたんでしょうね、少しあなた疲れ過ぎたのじゃない？」

あれから一週間もたった或日、ママの部屋で熱っぽい顔をして寝ている梢を、百合子は心配げに見やった。

「ううん、そうじゃないの、馬鹿さ、私ったら。自転車でぐっしょり汗をかいて、そのまま風のある夕方の海へとび出したのが悪かったの」

梢はやはりいつもの通り元気に言った、

「そうだったのね、頭冷して上げようか？」

「ううん、いいの、それよりね、サユリ、今日お願いがあるんだけど」

「なァに？」

「ねえ黎ちゃんとこに一寸一っぱしり行って来てほしいの、みいみの様子も聞きたいし、それに黎子を見て来ないと私心配で、こうしていられないの、――サユリは試験の準備で忙しいと思うんだけど――」

梢が済まなそうに云うと百合子は目を瞠って、

「何言ってるのコッチャン、どうせ遊んでいるんだもの、試験の事なんかいいのよ。それより、本当に私でよけりゃ、今すぐだって行くわよ。コッチャンはやっぱり少し疲れたんだから休んでた方がいいわ、ね、二三日私が代って行きましょう、あなたそしたら安心していられる？」

百合子が熱心に言ったので、梢はうれしそうに、

「ええ、サユリさえ行ってくれれば、本当に安心だ、黎子だって、みいみだって大好きなんだもの。ねえサユリ、だけど、みいみにもしもの事があると思うと、私、本当にどうしていいかわかんないの」

梢はひくい淋しげな声で続けた、

「だって、黎子は本当に気でもっているのよ」

「うーん。でも、そんな事まで心配しちゃいけないわ、コッチャン、みいみだって、決してそんな、心配の様子じゃないんでしょ？」

「そりゃ――ね、まァ駄目ではないの、でもね、心臓が弱いし、熱は少しずつひいているようだけど、今が一番こわいんだって。私、あの子がもう少し悪い子だと心配しないんだけど、あんまりいい子過ぎるのだもの、どうしたって心配なの」

梢の百合子を見上げた眼に涙がもり上って来た。

「コッチャン、でもそんなに心配しないでね、私達一生けん命お祈りしていましょう、そして後は神さまにおまかせしましょう、きっときっと一番よくして下さるわ。ね、私すぐ

行くから安心していて。そしてコッチャンあなたもね、この頃心も体も疲れているのよ、だからおとなしくねむってみて、早く熱を下げて頂だい」

梢はお姉さんらしいやさしい百合子を見上げて、今日は、すっかり小さい妹のように、こっくりすると、熱ばんだあつい手を百合子の膝において、

「お願いねサユリ」

と言った。一寸して、ふと思いついたらしく

「それからね、あの、靖彦ちゃんて云う子ね」

「ええ、どうしてるの？」

「この頃とても可哀そうなの、みいみの事もう心配し通しなのよ、私が行っても、黎子と一緒って云うより、どっちかと言えば靖彦ちゃんと一緒にいるの、家の人はみんなかまいつけないし、ね、前には私も、本当に憎らしいと思ったけど今度のあの子見たら、どうしたって憎めなくなってしまった。私どうしてやっていいかわからないの、でもサユリならきっとやさしくしてやれるわ。それからこれね、ゆうべお祖母ちゃまから送って下さったの。私この詩を読んで大層元気になれたの、黎子に渡してくれない？　そして私の風邪の事は、心配したら承知しませんてね、すぐ治るし、なんでもない私の不注意からだと云う事よく云ってね」

「ええ、大丈夫」
梢の熱心な様子に、百合子は深く頷いて、小さい紙片《かみきれ》を受取った。それには次のような詩が書いてあった。

私の信仰の友に百姓がある
彼が或る時、私に言うた
「北の方がくの空が
青うしとりますじゃろ
その時はたとい他の方がくが
どんなに曇って居ても
たとい、また雨が降って居ても
ほんの少しでも　若し北の方がくに
青空さえ残って居る時は
きっとやがて晴れますな」と。

「う……そうですか」
と私が答えた。それは雨あがりで暗い雲が空を蔽《おお》うている、夜半の路上であった。

それから彼は尚つづけて斯う言うた。
「丁度信仰の生涯も、その通りですな
どんな不幸や艱難《かんなん》が起っても
こころん中が暗くなってしまっても
若し信仰が、一寸でも心の北の空にあると
必ずまた皆な善い様に解決して
晴れ渡って来るもんですな」と。
（著者註―原田美実氏著「初心《うぶ》な信仰」より）
百合子はそれから三日間、毎日梢に代って日高家を訪ねた。このみは百合子がついていてくれれば黎子を休ませたので、百合子も何んとかしてこの疲れきった黎子を休ませようと努めた。
或る日、百合子が病室から次の間に出て来ると、今日も、靖彦は心配相な、蒼白い顔をして、病室のドアの所に立っていた。
百合子は、やさしく微笑みかけ、自分の傍にそっと手を置いて、頷いて見せた。
百合子の一寸したやさしいしぐさはこの頃全く、とりのこされたように淋しく暮らしている少年の心を強く打った。靖彦はすぐ、百合子の傍に坐って、その面を見上げ、何か物云いたげに口を開いたが、すぐ又不安相にこのみの部屋の方を見やった。

「心配しないで大丈夫。みいみは今日は大層気分がいいの」

百合子は、その耳もとに小声で囁《ささや》いた。

靖彦はじっと又百合子を見上げたが、

「君、コッチャンの妹？」

と小声で、前の態度とはまるで違った、少しおどおどした声で問うた。百合子は声もなく笑いながら首を振り、

「姉さんの――サユリ」

とつけたした。靖彦はびっくりしたようだが少したつと、又不安な面持に返り、

「死なない？」

と低い、息づまるような声で問い、そっとこのみの部屋を顧みた。小さい靖彦の胸は波うって見えた。

「大丈夫、心配しないでいいのよ」

百合子のやさしい眼を見て、靖彦は思わずその手を百合子の膝にのせ、ほーっと溜息をついた。

百合子は胸が一杯になるのを感じた。そして、今度のこの不幸な事故が、小暴君を全く

変えてしまった事を知った。百合子は思わず、靖彦の頭を撫でて、不安に慄《おび》えている子を何んとか慰めてやりたいと思っていた。が一言も云わない前に、靖彦は、しくしくと泣出した。

「靖彦ちゃん、もう心配しないでいいのよ」

百合子の囁き声に、靖彦は泣きじゃくりながら何度もこっくりこっくりした。

「僕、僕のした事を、君は知らないでしょう」

暫くして少年は涙声で言い出した。百合子が答えに迷っていると、

「もし僕のした事、知ったら、こんなに可愛がってくれやしないでしょう、――」

靖彦が激しい泣きじゃくりを、こらえているのを見て、百合子ももう涙ぐみながら、肩に手をかけて、

「ね、向うへ行って、お話しましょう」

と、隣りの部屋に響くのを気づかって百合子は靖彦を連れて、裏の方の小さいバルコンに出た。

「僕のした事知ったら、誰だって、もう僕が嫌いになって、僕の事なんか、かまってくれません。僕、僕、もし、みいみが死んだら……僕……」

「靖彦ちゃん、――大丈夫みいみは治るって言ったでしょう? そして、誰だってね、あ

なたが今のようだったら……可愛がって上げるのよ、安心していらっしゃい、もう、ほら、黎ちゃんだってみいみだってあなたのお友だちだし、一昨日から、私ともお友達になったし、コッチャンだって、あなたのお友達じゃないの？――」

百合子は出来る丈け、元気に言えば、靖彦も、一寸涙だらけの顔をあげたが又すぐに「みいみはもうきっと僕と遊んでくれないや……」

と悲しげに呟《つぶや》いた。

「いいえ、靖彦ちゃん、みいみとは今まで一ばん仲よしだったんじゃないの？　きっと治ったら又、靖彦ちゃんと遊ぶの楽しみにしているでしょう」

「だって、だって、あのひどい病気にしたのは僕だもの、もうみいみ、僕を悪いいやな子だと思ってしまうや……」

「みいみはあんなに優しい、いい子だわ、決してそんなに思っているものですか、何時だって、靖彦ちゃんの事をお兄ちゃまと思っているでしょう」

靖彦は、暫く黙っていたが、前よりずっと明るい顔をあげて、熱心に言った、

「ね、僕、きっとおとなくしているから、一寸丈け、みいみの顔見に行っちゃいけない？」

次の日の午後、一寸丈けこのみと逢ってもいいとお許しの出た時、靖彦は朝から、山に出てこのみの好きな花を探して歩いていた。

十一、秋のこよみ

このみは一時は極度の心臓の衰弱のために、全く絶望だと言われた。もう梢《こずえ》の学校も始まる頃なのに、梢は一時もじっとしていられなかった。けれど、その恐しい危険も二日目には全く去り、医者も驚く程気持よく熱が下りて行った。

「危険を通り越した、もう心配なし、後は気をつけて安静を守れば——」

と云う事を聞かされた時、梢は心の底からあふれるような感謝を捧げた。

妹がだんだん平熱に近づき、安らかな息づかいをみまもる黎子《れいこ》の蒼白い頬に、始めて、ほんのりと血の気が見られた時、梢は眼をうるませて悦んだ。

梢達の学校も始まって、又三日経った。明日は百合子も長い夏休みを終えて、二月ぶりで寮に帰ると云う午後、梢ももう全く安心して、百合子と共に、いつも来る砂丘に仰向けに寝て空を見ていた。

夏草は二人の体のまわりに、まだ青々とのびて、二人の眼に入るものは、海の風にうなずく背の高い緑の草と、その上の青空を行く白い雲ばかりだった。

「随分、つらい、いろいろの事があったわねえ、黎ちゃんも、コッチャンも本当によくやって来たわ、でも、今じゃ、みいみもすっかり安心だし、靖彦ちゃんも、すっかりいい子になったし、何もかもよくなったのねえ」

百合子は、秋の試験の勉強も打ちきって、梢と一緒に、呆《ぼ》んやり青空の雲の動きに見入りながら言った。

「ええ、本当にありがたいわ、サユリも随分よくしてくれたわね、黎子がしみじみ有難がっていたわ。私もほーっとなって、昨日今日はまるで馬鹿みたいよ。何んにも手がつかないの、こうして、ねころんで、海だの雲だの草だの見てばっかりいるのよ」

梢は眼を細めながら、

「みいみも、もう後はどんどんよくなるばかりだし、黎子も元気づくし、靖坊も朝から晩まで、みいみみいみで、もう大変な可愛がりようだし、――」

「それで、何もかもいいじゃないの？　これから、黎ちゃんも、明るい、ずっとあたたかい生活が出来るわ」

百合子の言葉に梢は首を振って、少し重々しい口調で言い出した。

「このまま何事もなく済めばいいけどね、どうして、こう私たちの家は何事もなく平和なのに、黎子の家ったら、ああゴタゴタが絶えないんでしょう」

「まァ、じゃ、又何んか起ったたって言うの?」

百合子は、せき込んで問うた、

「うん、本当にいやな事なんだけどね、やっぱり事実なの、なさけないなァ、どうして大人の世界って、こうわずらわしいんだろう。昨日ね、一寸の時間に黎子が話してくれたんだけど。サユリ、あなた、五十嵐さんがこの頃ソワソワして、あまり我々にきびしくないの気がつかない?」

「私、前のあの人を知らないもの」

「あ、そうだっけ、五十嵐さんにとっちゃね、みいみの事よりもっと心配があったの、私達にはよくわからないし、こんな大人の世界のいやな事話したくないんだけど――、何時かサユリにも話したでしょう、黎ちゃんたちの後見人って云うのが、あの人達の父様の義兄になる人だって。その人ね、この頃だんだんと手をのばして、日高の財産が自分の手にまかされているのをいい幸いと、知らない内に、どんどん自分の事業に注ぎ込んでいたんだって。それで五十嵐さんの怒るまい事か、黎子にね、その伯父さんを訴えるってきかないんだって!　まァ恐しい事じゃない?　黎子は勿論、お金なんかどうだっていいから、そんな恐しい事しないでくれって頼んでいるの、もしこの事が、他の親戚にでも聞えたら、大変な事が起りそうなのだって――」

「まァ――」

二人の姉妹は、思わず暗い顔を見合せて、口を緘《つぐ》んだ。

「世の中って、随分いやな事が沢山あるのねえ、そんな中で、パパもママもなくて、黎ちゃんはどんな想いがするでしょう！　可哀そうねえ――」

百合子は、しみじみと同情した。

「本当よ。昨日もね、黎子は、もうこんな、広い家もお金も何にもかもいらない、ほしい人に皆んな上げてしまって、私はみいいみと靖坊と三人で小さい家に、もう何んにもそんないやな事なしに、楽しくそっとして暮したいって言ってたわ、本当にそう思うでしょうねえ」

「そうだわ、そう出来たらいいわね、私たちそしたら出来る丈けの事をして助けて上げましょう。私達は本当に幸せ過ぎる程幸せね」

白い陽の光が、草の先にチカチカと踊っていた。初秋の空は高く青く澄み切って、光を一ぱいふくんだ白い雲が、しずかにしずかに東へ東へと流れて行った。

姉妹は、じっと雲の行方を目で追いながら、それぞれあたたかい心で、淋しく苦難多い友達の上を想いやっていた。

二人の休んでいる砂丘の下には小輪の昼顔がうすもも色の花を一面に咲かせているし、月見草の黄金色の花が、夕方になると微かな音をたててパラリと開くのだった。その頃になると、音無川近くの砂浜に、まるで足の踏場もない程、ゾロゾロと蟹の群が出て来てどんな子供でも夢中にさせられるし、夜光虫の青く光る波も、十五夜近い月下の海も素晴らしいが、暁の、まだ日の登らない浜辺も、どんなに美しいかわからなかった。しっとりと湿った砂丘、まだ露の玉をいだいている生々《いきいき》した月見草、水色の空にまたたく明けの明星、紫色に霞む富士、オレンジ色に染められた水平線、その静かな背景の中に、今起きたばかりの漁師が、今日の漁りの艪《ろ》を漕ぎゆく海は、全く鏡のように凪いでいるのであった。

次の朝早く起きた百合子は、まだ明けきらない美しい海に「さよなら」をして、皆に見送られながら、今にも泣きそうになる唇をかみしめて、一人寮に去って行った。

「まァ、サユリ！——どうしたの？」

五日目の午後、居間に下りて来た梢は、帽子をかぶったまま、ぽつんと部屋の中につゝ立っている百合子を見て、すっかり驚いてしまった。

「え？」

百合子は、やっと聞える位の微かな声で、恥しそうに梢をふり仰いだ。

「どして帰って来たの？」

梢は、かぶせるように問うた。百合子はつい五日前、もう秋季の試験も近づいて、準備に大変だから、とても秋休みまでは帰れないと言って、寮に去ったばかりのところだ。おまけに今日は火曜日である。

「サユリが帰って来たって？　さっきから其処でごとごとしているのコッチャンだとばかり思ってたら――まァ」

書斎からママも驚いたように出て来て、眼の前に娘が、眼をうるませて立っているのを見ると急に心配相に、

「何処か加減でも悪いの？」

「ううん」

百合子は、又微かに答えて、首を振った。

「学校、休みなのかい？」

ママはまだ不審が晴れなかった。

百合子のバラ色の頬には涙がポロリと伝わった。梢は窓の外に眼をうつした。

「忙しい忙しいって云っていたけれど、いいの？」

「うん、だって、――急にお家に帰りたくなったんですもの、――」

百合子は鼻をつまらせて、まばゆく母を見上げた。

「まァ、この子は！」

ママの眼は見る見る丸くなった。

「じゃ、もう学校止める気なの？」

「ううん」

「だって、授業中途で帰って来たんでしょ？」

百合子は頷いた。

「試験も間近だって言うのに、いいんですか？」

「困るんだけど——だって——」

「これが昔の母さんでもあって御覧、御飯も食べさせずにおいかえすところですよ」

ママの声は何時になくきつかったが、その顔は何時もよりずっとやさしかった。

「南野先生は大変気をつけていて下さって、先学期も大層よい成績だったとよろこんでいらっしゃったけれど、あなたときたらだめな子ね、家に帰って来たくなれば授業半ばで飛んでくるなんて——、そんな心がけなら、もう学校なんか止めて、それこそ、お家でお針でもしてたらいいよ」

ママは唇のほころびるのをかみしめて、そんな事を言いながら、——でもホームシックで帰って来た気の弱い百合子のために、お菓子を出してやっていた。

「ママ、でもきっと帰るわ、明日、ね？　だから今晩一晩だけ泊って行ってもいいでしょう。そしたらもう決して、秋休みまで帰って来ないで勉強するから、ね、ママ」

百合子は、お菓子を出してくれるママの手もとを涙の一杯たまった眼で見つめながら言った。

「ええ、泊っていらっしゃいとも。でもそんなに気張らないで、貴女はどうせ我慢出来ないんだから、土曜日曜は勉強の事をすっかり忘れて、お家へ帰って来た方がいいんですよ。その方が勉強の能率だって上るでしょう」

梢は、百合子にお茶を入れてやろうと部屋を出ながら、微笑の浮ぶ口元を、一生懸命結びながら、心の中に呟いた。

（私、笑いやしない。サユリがこんなに私好きなんだもの。学問があんなに出来ても、ママやお家や私達がなつかしくてたまらなくなって、学業の中途でとび出して来るなんて、そんな優しいサユリだから、私好きでたまらないんだ。もし、いくら勉強が出来たって、お家をなつかしがりもせず、私達の事つんとして鼻であしらうような、お偉い、冷たい姉さんだったら、私こんなにサユリに親しい心も持てないし、今のようにサユリを尊敬し愛しはしないだろう！）

居間からはママの微笑を含んだ話声が聞えていた。

「冗談じゃないわサユリ、貴方お嫁に行っても、急にこの家に帰りたくなって、旦那様に御飯上げてる最中でも飛んで来るの？　ママは、寄せつけて上げないからそのつもりでいらっしゃい。今から少しは我慢する事覚えなくちゃ、今の調子じゃ、本当に旦那様を置いてとび出して来かねないわ――」

姉妹がお茶を飲んでいる間、ママは書斎に行って、笑いながらパパに百合子の話をした。

「私の顔見て涙一杯ためてるんですのよ。まるでねんねですのね、ほんとに、今少しお説教して来ましたの、仕方のないサユリですよ、授業途中で帰って来るなんて！」

パパは口元に微笑をたたえて、本から眼をあげながら、一寸たってから言った。

「まァいいさ、遊ばせとけ、一週間もママの手伝いをさせて働かせれば、又勉強したくなって寮へ行くさ」

「いいえェ」

ママは首をふって「とんでもない」と云うように、

「サユリはそうはいきませんのよ、いい幸いと私の手伝いで終りますわよ、こっちで後押ししてやらなくちゃまるでだめ、気が小さくって。勉強の方はね、大層のびのびしていて、殊に英作文の成績は抜群だし、伸びる可能性は充分だって、南野先生も楽しみにしていらっしゃるんですもの、伸びるものならね、何んとかしてどうせまだ若いんだし、サユリだって勉強には大変興味を持っていますから、続けさせたいと思ってますの。――」

「ふむふむ」

「でもねえ、本当に気が小さくって――」

「ふむ」

「この間も何んですか、先生のお話だと、あの子の作文が大層よかったので、皆の前で読めって言われたら泣き出してしまったんですって――」

「ふむふむ」

パパの眼はもうとうに本の上を走っていた。

次の日の夕方、突然寮舎から姿の消えた百合子の上を案じて遊佐さんがわざわざ海辺の家に見舞に来てくれた。ママの心のこもった夕食をすませ、百合子は遊佐さんと一緒に無事に寮に帰った。


十月になった。海も空も益々青く、空気は澄み切って、海辺の松原を縫って飛ぶ鵯《ひよどり》の声は高く鋭かった。

草場家の裏庭には柿が赤く笑んで、木の下のみかん箱の上には、譲二とナナが足をブラブラさせて、もぎたての柿をかじっていた、高い木の上ではこれも柿をかじりながら、梢が「トム小父《おじ》の小屋」を読んで涙を流している。

垣には一杯コスモスの花がゆれ、松林を縫う海の風に、枇杷《びわ》の白い小さい花が散って行った。

十月十五日はパパのお誕生日だった。

一ケ月近くも前から姉妹達は、机の中の小さい貯金箱をはたいて、さて、何をプレゼントにしたものかと、首をひねっていた。

「パパのプレゼントと来たら、毎年一と苦労ね。何がいいかほんとにこまってしまう、ママはもうきまった?」

梢が、書斎の方を気にしながら、小声で聞く、

「ええ、大抵ね」

ママは楽しそうに笑いながら答えた。

「ねえ、私のも考えて、何かパパの必要なものってないものかしら。もう私、毎晩毎晩お床の中で考えぬくんだけれど、——尤もいつも、あまりいい考えの浮ぶ前に、眠りの虫の方が私の頭を占領するんだけれど」

梢は、例のおどけた調子で、小声で話しているので、譲二はわざと大声で、

「いくら声をはり上げたって、パパになんか聞えるもんかァ、書斎の中で相談したって、

自分のプレゼントの話しているのに気がつかないよ。コッペみたいに、勉強しているのに、僕の方に横目使ったり、耳を立てたりするのとは、違うからな」

と、椅子にふんぞり返って言った。

「こいつ奴《め》！」

梢は睨みつけて、弟の両肩をいやと云うほどおさえつけると、

「アイテテ……」

譲二がつぶされそうな声を挙げた。

「もう、いいよコッチャン、これ、コッチャンって言うのに！　ママのプレゼントを一つゆずって上げるよ」

「ほんと？」

梢は、手を離すと、譲二は、ここぞと身をひるがえして梢の髪を力まかせに引張った。

「あ、いたイ！　ジョッペ！　男のくせに卑怯だよ！　平和条約やぶったりして！」

梢はよろけながら言った。

「まァ、この子達ったら！」

ママは呆れて二人を見ている。

「平和条約なんてどうせすぐ破れるにきまってらい」

譲二はそんな事云いながらも、梢の髪を離して、今度は体ごとぶつかって行った。

「よーし、体で来れば負けるこっちゃない」

梢も頬を真赤にして、二人はドシンバタンと、取っ組合を始めた。

「それは平和条約を破った事にならないのかい？　ほこりが立ってかなわないね、外に出てやって頂戴よ、ほんとにまァ」

ママは、もうさっさと逃げ仕たくをしながら呟いた。

次の日、二階の子供部屋の壁に大きく、梢の勇しい字で次のような事を書いた紙を見つけて、ママはやっと昨日の事を合点した。

平和条約

如何に怒り激しき時も、
第一条　相手の髪を引張るべからず。
第二条　相手の耳を引張るべからず。
第三条　相手にベソをかかす程ブチ、又はツネルべからず。
右の三条件堅く守らば、コ国、ジョ国間は永久に平和を保たるべし。
この重大なる平和条約、コ国、ジョ国両国共、ナ国大統領の前に、堅く守るを誓う。
一九三五年十月十日午後七時三十五分

ママは読下すと白い顔を面白そうにえませて、梢の机の上からペンを取って、紙の最後に書付けた。

右の平和条約は五日間両国間に守られたること、マ国皇帝ここに認む。尚以後永久に堅く守らる事を切望す。

ママは、これを見つけ出した時の、子供らの顔を思い浮べて、階下へと下りて来た。

外は秋の真昼の陽がみちみちて、青い空を渡るひよどりの声のみが、四方の静寂を破っていた。

「マサ、材料はすっかりととのったわね？」

ママの明るい声に、マサさんは台所でくるくると働いていた手を止めて、

「はい、もうすっかり出来ました」

「五時頃から始めよう、水につけるものは漬けておいておくれね、スープの鍋は？　かけてあるわね、御苦労御苦労」

「御食事は六時でございますの？」

「いいえ、今日は、一寸旦那様がおそくお成りだから七時だろうね。夕方は沢山働いてもらわなくちゃならないから、あなたも、今は少し休んでおいでね」

ママはやさしく云いながら、鋏《はさみ》をもって、庭に出て行った。

しばらくして裏庭から帰って来たママの腕には、こぼれるように、赤白、もも色の美しいコスモスの花が抱えられていた。

壁には、葉鶏頭《はげいとう》が燃えるように紅く陽に映えている。ママが、ふと頭を上げると、今、郵便屋が砂丘を登って来るところだった。

「いいお日和でございますね」

顔なじみの郵便屋さんが愛相よく声をかけてしおり戸から入って来た。

「ほんとにいい日が続きますね、まァ御苦労様、小包もあるんですか?」

小包は百合子から父へあてたものだった。

皆にあてた別封の手紙を開いて見ると、急いで書いたらしい、百合子にしては乱れた字で、

「第一ばんにパパに心からお目出とう! 今、一番、忙しい時なので、目の前に並ぶ七つも八つもの試験と、パパのお誕生日の事を思って、泣きたいようです。

御馳走も造ってさし上げたいし、皆さんと一緒に楽しくお誕生のお祝いをしたいし、この間から何んとかして一寸でもお家に帰りたいと思ったのだけれど、とてもとても、サユリはよくても、蒼白くなって徹夜までしている方々を見ると、脅えてしまうの。この間探し出したプレゼントと、自作の小曲詩をお祝いに、サユリ代りにお送りします。

私はよく眠り、よく食べておりますから、御安心下さいませ、二十二、三日からは、又十日ものびのびとなつかしいお家で暮せるとその事ばっかり、毎日の慰安剤、強壮剤、興奮剤にして、何度も何度も呪文みたいに心にとなえています。

沢山お話したい事があるのですけれど、皆さんの勉強ぶりを思うと、恐しくなってしまいます。明日は文典！

大変みじめに書きましたけれど、これよりはずっとずっと元気でおります。

パパのお祝い日にこんな手紙書いてほんとにごめんなさい。皆さんも御元気でね、お手紙は何よりお薬になってくれます。では、お逢いする日を待ちに待って待っている、

今は少しあわれなサユリより

十月十三日夕

なつかしいみなさまへ

海から吹く、爽やかな秋の風は、ママの持っている手紙をかさかさ云わせ、その腕のコスモスの花をしずかにうなずかせて過ぎて行った。波の音は静かに安らかに聞え、空も海も、真青に晴れ渡り、目をあげると、高い松の梢の針葉が、真昼の陽の中に、白銀《しろがね》のようにチカチカと光っていた。

一番先に息を切って帰って来たのは、ナナだった。

「パパはまだ?　え?」

「まだまだよ」

「御馳走は?　みんなは?　プレゼントは?」

ナナは家の中を見まわしてせききって問うた。

「あなたはもうプレゼントいいの?」

ママが言うと、

「とっくに!　ナコが一番早くから用意してたのよ、ママだってわからなかったでしょ?」

「わからなかったねえ」

ナナはニコニコしてうれしげに贈物の用意にとりかかった。

次に帰って来たのは梢。

「パパは?」

「まだまだよ」

「プレゼントは?　御馳走は?」

梢がナナと同じような事を息せき切って問い出したので、ママとナナは笑い出した。

「これからよ、あなたはもう用意出来たの?」

「うん、ママに教えてもらったものにしたの、スリッパーよ、あら!　サユリから来ている！　何時来て？」

　梢はテーブルの上の包をとり上げて、目を輝かせた。

「おひる頃よ。丁度きちんと間に合ってよかったわねえ、コッチャン、それは後で、パパの前で開けるとして、貴女すぐに御台所手伝って頂だい」

　ママは白い割烹着《かっぽうぎ》をかけながら、台所へ出て行った。

　夕陽が紅々と西のガラス戸に映える頃、譲二はジャケツの胸をふくらせて、こっそり台所から入って来た。その頬は、夕映のためばかりでなく真紅だった。

「パパは？」

「まだまだよ」

　ナナはママの口真似をして言った。お兄ちゃまの胸に入って居るものは何か、知りたくてムズムズしていると、ママは、

「もうじきですよ、譲は、今頃学校のかえり？」

「さっき、一度ランドセルをおきにお帰りになりましたわね」

　とマサさん。

「ああ、プレゼント？　そう。でも譲にはお小使いなんて残っていたの？」

　ママは一寸不審そうに聞いた。

「ううん」

「お祖母ちゃまにでもおねだりしたのじゃないのかい？　ママに言えばいいのに」

「違うよ、違うよ、ママ、いやだなァ。僕はいつもお小使い残したためしがないんだからしょうがないけれど——今度のは正真正銘僕のお小使いの残りって言えるんだよ」

　譲二は得意げに云ったが、すぐ恥しそうに口を結んでしまった。

「まァそうかい、感心なのね」

　ママが笑いかけたので、譲二は小さい声で、

「笑っちゃいけないよ、ママ。僕ね、ママが水曜日のパンの日に十五銭くれるのを、倹約して、残りのお金をこさえたの」

　外で、あげものをしていた梢の耳にこの言葉が入った時、

（まァ、この食い辛坊が！　感心だ）

　と言おうとしたけれど、譲二の真心が並大抵のものでない事を知って、今度丈けは、ふざけたり、からかったりしてはと、大いそぎで口をおさえて微笑した。

「まァまァ、そんな事しないでも、ママに言えばいいのに、パン代など倹約して、その底無しの淵のようなポンポをしているお前が」

　ママが言うのを遮って譲二の声がした。

「だって、去年も僕だけ、ママから特別せびったんだもの、それじゃつまんないや。いいんだよ、その日は家に帰って来て、いつもの倍もお八ツ食ったんだから。コッペや、ナコのまで少し失敬しちゃったんだから――あっ、いけない、――」

　正直な譲二は、自分の言ってしまった事に気がついて、首をちぢめ、頭に手をやって、そっと外の梢を見やった。

　梢は黙って、ニコニコしていたが、そんな事で、彼女のオドケ虫がおさまっていよう筈がなかった。鷹揚《おうよう》に譲二をかえりみて、ゆっくりゆっくりと首をうなずかせながら、

「許してつかわす。心配せんでいい。余は満足に思うぞよ」

と、ひくい重々しい声で言った。

「ウフフウ……」

　譲二は、少し間が悪くて、何時もの通りサムライ言葉を使う余裕がなく、ナナは窓から首を出して手を叩いて笑った。

「面白い人たちだよ」

　そう言ったママも満足そうにほほえんでいた。

　パパが玄関に入るなり、皆に手を引張られて、明るい食堂に入ると、テーブルの上には御馳走に先がけて、皆のプレゼントがズラリと並び、大きな白いカットグラスの花瓶には、

パパの一番好きなコスモスの花が、溢れるように咲きこぼれていた。
「お目出とう」の声も賑やかに、お祖母様や潤叔父ちゃんの顔もまじえて、楽しいお誕生日のお祝いは始まった。プレゼントを一と渡り見ると、
お祖母さまからは大きな甘いお菓子の箱、
ママからは白いガラスの水差しとついのコップ。（これはパパの書斎用）
潤叔父ちゃんからは置物。（これも書斎用）
サユリからは机の上で使う、便利な木製の書見台。
コッチャンからはやわらかいスリッパー。
ジョッペからは不思議に濃い牛乳二合と、板チョコ、（パパは牛乳が大好き）
ナコチャンからは自分で造った孫の手と、キャラメル、
「ね、パパ、分るでしょう？　これは普通の牛乳とは違うんですよ、一寸も混りけのない、クリームの沢山ある牛乳です。僕ね、パパが牛乳の濃いのが飲みたい飲みたいって言ってたの思い出して、今日夕方ね、行合《ゆきあい》の牧場へ行って、あの乳しぼりを知ってるから、特別あつらいで、しぼりたての、こいつ、二合もらって来たの、普通の三倍も上等なんだから――」
そり身になった譲二が得意になって説明するのを、パパはニコニコしてうなずき乍《なが》ら、

牛乳の瓶を手にとり上げて言った。

「ふむふむ、これはうまそうだ、どうもありがとう」

「ねえねえ、ねえ、ナナのね、自分でつくったのよ、材料も自分で買ったのよ、いつもパパ肥って居て背中が掻けないって言うから——ね？」

「ああ、これはいい、便利だな、有《あり》がとう有がとう」

斯うして、一まず落ついた時、パパの手に百合子のプレゼント——自分の詩を書いた、うすいピンクのリボンでとじたのが取りあげられた。

この詩は大変パパに気に入られたから、ここに書きとめておこう。

このお花のお好きなパパのお誕生日を祝いて、百合子の歌える。

コスモス

瑠璃《るり》色に秋空は晴れ
白雲のたたずまいしずか
武蔵野の小路のほとり
わだちの音の遠ざかれば
昼の虫の声はほのかに

穂薄《ほすすき》は銀の波うつ。

まだらなる垣にこぼれて
咲きみだるるコスモスの花
真白、もも色、エンジ色に
か細きうなじ、やさしき面《おも》を
いずこへか向くるともなく
うなずきつ、かぶりをふりつ
秋の陽のくまなき土に
しずかにゆるる影もしるき。

（一九三五年十月小平村ニテ）

十二、何も彼も善く

「ナコ、どうしたの？　え？」

縁に腰かけて、しょんぼりしているナナに、譲二は声をかけた。

「私、お墓つくってやるわ……」

ナナはぽっつり言って立上った。

「何のお墓だい、え？　何か死んだの？」

譲二は一生懸命に問かけると、ナナは真面目な、悲し相な顔で、

「ええ、ずっと前に可愛がっていたお人形さんよ、私、この頃あまり新しいのばかり可愛がって、あの子一寸《ちっと》も見てやらなかったから、きっと、罰があたったんだわ」

「待っといでよ、僕がお墓掘ったげるから、ね」

譲二はする事がなくてこまっていたので、ナナが二階に死んだ人形を取りに行くと、裏庭にシャベルを持って出て行った。

「可哀そうに、ねえ、御免よ、ロベールちゃん、ナヽコヽママヽが悪かったわねえ、ほんとうに、あのポッピちゃんばかり可愛がって、あなたの事すっかり忘れていたりしてね、――まァ、可哀そうに、あんな可愛いお顔もお手々も……」

小さいお母さんのナナは、鼠に噛《かじ》られて、見るかげもなくなったあわれなロベールを、みず色の一番良い服につつみ、小さい箱のお棺の中におさめながら、最後のお別れの涙を流していた。

「もう、いいだろう？　埋めるよ」

譲二も、厳粛な顔をして言った。

「あ、そう、お花をあつめて来るから待っていて」

ナナは庭中まわって、小菊、萩、シオン、コスモスと、花壇からサユリの大切な秋ばらまで両手に取って帰って来た。

花はロベールちゃんを一ぱいにつつんでもまだ余った。

二人共、一語も物を言わずに、人形を埋めて、小高く土をもり上げ、譲二がその上に石をたて、ナナは小さい塚を、バラの花びらで覆った。

「一寸待っといで、感じを出してやるから」

譲二はそう云って、家の中から夏に使った蚊取線香を持って来て、お墓の上に立てて火をつけた。

「いやだわ、ジョッペ、お線香よりお花の方がいいじゃないの」

ナナが眉をひそめると、譲二は、

「まァ、黙ってろよ、妙本寺じゃよくやるじゃないか」

と言い乍《なが》ら、ついこの間、大仏前のお土産屋から買って来た、小さい鐘をついて、右手をあげ、眼をつぶって鼻の下をのばしてやり出した。

「ナムナムナムナムナムナムナム……」

蚊取線香の青い煙が、時ならぬ匂いを四方《あたり》に漂わせて、ゆらゆらと松の梢の方へ立ちのぼる――、
ナナは、譲二の真面目な横顔を見て、笑う事もならず、黙って、なるたけ、悲しい事を考えようとしながらお墓を見つめていた。

海から帰って来た百合子と梢が、裏庭に二人のこの有様を見た時は、何年か前、自分たちもよくこんな事をした事を思い出して、思わず顔を見合せて笑いながら、弟妹の邪魔をしないように家へ入って行った。

「お線香燃やしてお経をとなえているって?! まァ、いやだね、遊ぶ事はいくらもあるだろうにねえ、サユリ、コッチャン、止めておくれ、今朝、お向いの別荘番の小母さんに、

赤ちゃんが生れたって言うのに、もしお線香の匂いやお経が聞えたら、まァ何んて思いなさるだろう、おまけにあそこじゃ垣根越しに見えるよ、縁起でもない、お目出度があったって云うのに、こまった子たちだよ」

ママの言葉に、姉娘二人は、大急ぎで裏庭のロベールの墓へと走った。

「子供ってどうして、斯《こ》うお墓つくりの遊びが好きなのだろう、サユリやコッペの時も、二月に一度位はきっと何か埋めたり、花をたてたり、十字架を立てたりしていたもんだったが――」

ママには、この遊びに興味を持つ事など、想像する事も出来なかった。

十月も、もう一日で逝《ゆ》こうとしている或夜。激しい風雨に、吼《ほ》える波に、叫ぶ松風に、幾年も住みなれた草場家の者でさえ、度々、目を挙げ耳をそばたてずにはいられないようなひどいしけ方だった。

譲二とナナはもう早くから眠りついていた。百合子と梢も、何んとなくうすら寒いので、床にもぐって、読んだり話合ったりしていた。

海辺の松林の中に建つ家が、ひどい嵐の夜など、どんなに物凄い松風のうめきと、波の咆哮《ほうこう》とに包まれるか、経験のないものにはわからないだろう。風、雨、波の音の合い間には、松の針葉が、バラバラバラバラバラと大きな音と共にふりかかる。

「しばらく眠られそうもないし、サユリも、もうじき又行くんだもの、今夜は何か面白いお話しようよ、ね？——まァひどい風！　明日学校がなくなって大助かりだわ、——」

梢が本を閉じてくると百合子の方を向いた。

「そうしよ」

百合子も本を閉じて梢に向いながら、

「まァ……明日は又家の庭中、屋根も門も、松葉でうずもれるわね、海藻が浜に一面で歩けなくなるわね、でも、嵐の後の海もいいわ、さ、何んのお話しましょうか」

九時が鳴った。

書斎ではパパが黙々と本を読んでいるし、その傍でママが編物をしながら、時々眉をひそめて、外の嵐の音に聞き耳をたてていた。

「おや、今頃、玄関のベル、——、まさかね、この嵐に、——」

ママが一人語《ごと》を言っていると、間もなくドアが開いて、マサさんが首を出した、

「あの、お呼びでございましょうか？」

「いいえ！　じゃァやっぱり玄関ですよ、この嵐に、どなただろう——」

ママはいそいで玄関へ出た。

「まァ、この嵐に、どなた様でいらっしゃいますか?!」

ママはそう言い言い錠をはずした。

「姉さんですか、僕です」

外からの声は、嵐の音にかき消されそうだったが、それはまごう方なき、潤叔父ちゃんの凛々《りんりん》したバリトーンだった。

「まァ潤チャン！　何んだって又、こんな夜に?」

ママは二度びっくりして叫んだ。

次の瞬間、玄関のあかりの中に、雨にぬれた潤叔父ちゃんが、何時にない真剣な、緊張した赤い頬をして立っていた。

「急に、お話が出来たんです。みんなは?」

叔父さんは、雨になったコートをぬぎ捨てるようにして、ママと明るい居間に入った。

「チビさん達は寝たけれど、上の二人はまだでしょう。何かまた、そんな重大な事でもあるのかえ?」

「そりゃ、もう重大事件ですよ、でも、喜ぶ事です、――が、不思議な事があるもんだなァ」

叔父さんは、火鉢からシュンシュンゆげの立つ鉄びんを取り上げて、あつい御茶を入れようとしているママの手元を、ぼんやりと見つめながら、感慨深げに呟いている。

「よろこぶ事なら結構だけれど、――さァ、話を伺いましょうよ」

ママはサイドテーブルをはさんで、弟と向い合せになりながら、少し身をのり出して来た。

「僕、来る道々、話の筋を考えて来たんですけれど、――そうだな、あまり最初っからみんなぶちまけると、ママさん目をまわして、きっとその後の事を聞いてくれないから筋を追って話しましょう」

「ああ、そうしておくれ。私はせっかちで、じっとしていられなくなるから」

ママは笑いながら、でもすぐ、弟の真面目な様子に引入れられて、うながし顔をして見せた。

「実を言うと僕だって、始めは昂奮しましたよ。――斯うなんです。あの松籟荘《しょうらいそう》の洋君ね、土曜日の夕方、東京からこっちに来るのと、月曜日の朝、東京へ帰るのと、いつも一緒になるんですよ。尤《もっと》も鎌倉から横浜まででですから、大してゆっくり話す時もないんですが、夏には毎日のように一緒に泳いだし、実に気持のいい、落ついた青年ですからね、僕も、この頃ではいろいろ親しい話をしたり、議論をしたりして土曜の夕方と月曜日の朝は楽しみにしている位なんですよ」

「ああ、なかなかいい方ですね、それで?」

「あの方々がどうして急に鎌倉に来られたかって云う話が、今日帰りの電車の中で出たんです。僕は、ふっとコッペがブラック・レディ小母さんの身の上を不思議がっていた事を思い出して、そう言っては失礼だが、興味をもって聞いたんです。——洋君の話しと言うのは——、姉は、つまりあの小母さんですね、あの方は十年余り前に結婚なさったが、七・八年前、フランスへ行く途中、難船して、一時、大分長い事行方不明とされていたんだそうです。新聞は勿論そう報じたし、御主人と小さい赤ん坊は助かったそうですが、あの小母さんも実は、奇跡的に小さい船に救われ、名もないアフリカ東海岸の小さい漁村に長い事ひどく病んでいたそうですが、それでも、どうやら体が旅行に耐えられるまでに治ったので、あらゆる手段をつくして、離ればなれになってしまった御主人と御子さんを探したそうです」

叔父さんは一心に筋道から脱線しないようにと話した、ママはたまり兼ねたように、

「潤チャンや、あなた何を話そうとしているの? それで、まだあの方の御主人や御子さんは見つからないので、ああして黒い服を召してでもいらっしゃるのだろうかねえ——」

「まァもう少し聞いて下さい。それで、あの姉さんは、仕方なく一とまず日本へ帰って来て、父さんやあの洋君と一緒に居ながらも、御主人の行方を、求めていなさったそうです。

ところが、困ったことには結婚の時いろいろ面白くない事情があって、姉さんの実家――洋さんのお家と嫁入先の御親類とは不仲だったし、御主人もたった一人ぽっちで、御親類ともゆききはなさらなかったのだ相で、御主人のいらっしゃるところは、何処へも訊《たず》ねようが無かったのだ相です。それでも一生懸命捜して、漸くわかったと思って、其処に手紙を出すと、半年近くも巡り巡って帰って来ると云うしまつだったそうです」

「まァねえ、お気の毒に――それで御主人と云う方の方では奥さんをお探しにならなかったのかしら?」

「いいえ、随分探されたそうです。が、お気の毒なことに難破した付近や、アフリカの方ばかり捜していらしたんですって、それでもはじめの一年位は、絶えず北海道の実家の方にも問い合わせが来ていたそうですが、何しろ前から体を弱らしていたし、やっぱり海で亡くなったとしか考えられなかったそうです。奥さんがその頃、名もないアフリカの一漁村で、身動きもならぬ病身だった事など想像もつかなかったでしょう。父さんも洋君ももうあきらめている頃、突然、手紙が姉さんからとどいたのだそうです。その頃はもう御主人の方も、事業の忙しさで、世界をまたにかけて歩いて廻ったような人だったそうですから、先へ先へとますますその行方はわからなくなるばかりだったそうです」

「まァ……そうかえ――」

「ところが、去年の暮に、やっと居所をつきとめて、電報を送ったその返事は、御主人はリオデジャネイロで先月急に亡くなられたと言う電報だったと云うんです」

「まァ、お気の毒に！」

ママは、もう他人事でないと云うように、眉をひそめてのり出して来ていた。

「で、それでは息子を引とりたいと言ってやると、御主人の遺言で日本の鎌倉の親戚とかに引取ってもらったと言うのです、それが、随分暫くしてからの返事だったので、わざわざリオデジャネイロまで渡る必要もないと云う事になって、——一体親戚の何某方だ——と言ってやったが、もう、一切をさしずしていた息子の乳母が、英国へ帰ったからわからぬとの返事で、思いうかぶかぎりの知合いに聞いて見たが、鎌倉の近くでは、この先の藤沢に一軒、御主人の極く遠い親戚がある切りで、そこへ訊《き》いて見ると、御主人の死も知らないという、そっけない返事だったそうです——」

ママは急にさっきから頭に浮んだ事を、思い切って言おうと弟を遮って、

「まさか——あの日高さんの——。潤チャン、あまり話が似ているようだよ、梢を呼んで聞いて見よう」

叔父さんは始めて、いつもの愉快げな微笑を浮べて、

「聞いたんですよ、何もかもお祖母ちゃまから。それで、御主人の名も同じ東条、息子さ

んの名も同じ靖彦！　って判ったんです！」
　ママは眼を丸くして息を飲み込んだまま、一寸の間じっとしていたが、すぐに、
「まァまァまァ、よかったねえ！　どうも最初っから、何かありそうな方々だと思ってい
たけれど——それじゃ、あの方も御子さんに廻《めぐ》りあって、まァね、よかったねえ——どう
りで子供さんが好きな方でしたよ。それにしても潤チャンは人が悪いよ、最初っから云え
ば、いいものを！」
　ママは、もう早速、明日はあの夫人の喜ぶ顔を見る楽しみでそわそわしながら言うと、
叔父さんは笑って、
「だって、ママさんは、何時も筋道をぬかして、後になって、僕が話さなかったから分ら
ないって、こうだもの、今日は道々そう思って来ていたんですよ」
「そうかね。それにしても何故日高さんの事が今までわからなかったのかしら？」
「さァそれも僕は不思議だと思うんですが、何しろ、今日洋君から聞いた事を、お祖母ち
ゃまに、すっかり話したんですよ、長い事あの山に住んでいなさるから、もしや心あたり
があるかも知れないと思ってね。そうしたらもうすぐ何もかもわかってしまったんです。
本当によかった。何んでもお祖母ちゃまの話ではあの洋君の姉さんと、黎ちゃんのもう
七・八年前に亡くなったお母さんと従姉妹どおしだったとかです。あ、そうそうそれから

黎ちゃんのお父さんとその東条さんと親しくなったのは外国でだと云う話でしたから、そんな事から、東条さんが、日高さんを見込んで、息子の引取り方を頼んだんじゃありませんかね」

「ああ、そんな事もあるかもしれないわね、ふーむ、そうだったのかねえ、――でも、黎ちゃんやあのみいみは一層可哀そうじゃないかしら、でも今度はあの方々の事だもの、今西の御隠居様や、お嬢様――、東条の奥様や、弟の洋さんは、御二人の孤児もあたたかい家庭に入れておやりになるでしょうよ」

「そう、お祖母ちゃまもそう言って、涙を流してよろこんでいられましたよ。黎ちゃんは、この頃では、何んでもあのお祖母ちゃまのところに話を持って来るそうで、日高さんの家も、お家騒動がもち上りそうだって、兎《と》に角《かく》、あの若い娘を、醜いわずらわしさの中に入れておくにしのびないって言っていました。日高の財産も今では滅茶滅茶だそうですよ」

二人は思わず眉をひそめた。

「そうだってねえ、黎ちゃんの気持をコッチャンも大層、気の毒がって、どうにかならないものかって言っていましたよ」

「どうにかなりましたよ、たしかに、一番よくあの子達のためには『どうにか』以上になりましたよ」

弟の言葉にママは真面目に深く頷き乍《なが》ら、

「ほんとにね、思いがけぬ道が開けるものです、サユリの言葉じゃないけれど、何もかもこれでよくなるでしょう。あ、そうだ、あの子等に第一に知らせてやらなくちゃ、まァ、コッチャンなんか、どんなにうれしがる事やら」

ママはそう言ってマサさんにもし二人の娘がまだ眠っていなかったら一寸来るように言ってくれと頼んだ。

嵐はいつか少しずつ少しずつ遠のいて、外は、ただ波の吼えるのがもの凄く響いていた。

時計の短針はもう十時を廻っていた。

「潤叔父チャンが来たって?!」

元気な梢の声と共にドアが開けられ、二人は薄いネルの寝巻の上に、自分達で手編みをしたおそろいの毛糸の水色のガウンを着て入って来た。

潤叔父ちゃんが、又筋道を立てて話すと、梢は半分も聞かぬうちに、もうすべてを察してしまった。後でママに話された時、梢自身の話した所によれば、本当に頭がぼうっとして、フウット後に倒れそうだったとの事だ。実際、梢は、一時真蒼になって、目まいでもするかのように、椅子の肘掛《ひじかけ》をしっかりと掴んで一言も発し得なかった。

百合子は何度も、吐息とも歓声ともつかぬ声をもらしていた。

話が進むにつれて、梢は次第に落つきを失って、腰を浮かしては又、どっかと腰かけ、蒼かった頬は紅く生々と輝き出し、大きく見開いた眼は次第に濡れて来た。明朝はすぐにもママと叔父さんで松籟荘の今西家を訪ね、あの御老人と小母さんは、すぐにも日高家へ、坊ちゃんと黎ちゃんみいみを引取りに行くだろう——と話された時、梢の眼からは涙が幾すじも幾すじも頬を流れて落ちた。

　ママや叔父さんや百合子の話している声を後に、梢は叔父さんに心から有《あり》がとうを言うと、二階の自分の部屋に逃げるようにのぼって行った。心の底からこみ上げるような喜びで、じっとしていられない気持だったのだ。

　梢は部屋に来ると机にうつぷして、あふれる喜びに胸をふるわせ乍ら祈った。

「神さま、何んと感謝申上げたらいいでしょう、言葉で言表わす事が出来ません、ああ、でも私の心がどんなに喜びと感謝で一杯だかもう御存じですね。今まで事々に不平をつぶやき、貴主《あなた》の深い御意《みこころ》も智慧《ちえ》もしらずに『何故?』と呟き暮した、不信な愚かなコッペを赦《ゆる》して下さい。黎ちゃんのために、すべてはよかったのでした。お祖母ちゃまの仰有《おっしゃ》った通り、神さまを信じる者には、何もかもが益となるのでございましょう。

　——何もかも、黎ちゃんやみいみのためによくされるのです。あたたかい、信仰深いあの家庭が与えられるのです、神さま、うれしくって、私どうしていいかわかりません、本当にありがとうございます、心から感謝いたします。貴主が完《まった》き愛の神さまである事を心から信じられてうれしうございます。

――どうぞこれから先もたとえ苦しくとも、悲しくとも、絶えず神さまの愛の御手に守られ導かれていることを信じさせて下さい。

――あ、そうだ、お祈りして、あとは貴主におまかせしとけばいいんですね！」

しばらくして、百合子が足をしのばせて、二階に帰って来た時、梢はもう、すっぽりと床の中に入っていた。百合子はもう眠ったのかと思って、自分もスタンドを消し、そっと床に入ると、布団がもぞもぞと動いて、梢は百合子の手を握り、はずみ出しそうな声で言った。

「うれしいね、サユリ――」

「ほんとうにねえ！　よかったわ……」

百合子の声は闇の中にやさしく潤っていた。

梢の想いは、闇の中ではてしなく展《の》びて行った。

もうじき、あの冷たい地の底の、お金の取りっこのいやな家から、黎ちゃんとみいいみは、靖彦ちゃんと一緒に、あの、美しい松籟荘のあたたかい住人の中にうつされる、御老人の「おじいさま」は、ほんとに、いつもやさしくあたたかい方だし、小母様は、あんなに申し分のないいい方だし、洋さんはあの通り親切なやさしい方だし、靖坊に、やさしいママと、お祖父ちゃまと叔父さんが出来ると共に、黎ちゃんにもみいいにも、最もよい、あたたかい家庭が与えられるのだ！――あの痩せ切った蒼白い黎ちゃんも、松籟荘の美しき住人の中にいれば、又頬を丸くバラ色にしてくれるだろうし、――そうだ、黎ちゃんは、平和な家庭と愛情に飢えているのだもの、――今に、今に、何もかもよくなる、そうだ、何もかもよくなる！」

梢の頬には、あたたかい喜びの涙が流れ、いつか枕も髪もぐっしょりにしたまま、喜びに泣いて泣き寝入りしてしまった。

次の朝、梢は丁度陽が登りそめると同時に誰より早く起きた。

一夜の内に、あのひどい嵐はすっかり過ぎ去って、波はまだ高かったが、今登った朝の陽に、ぬれたものはすべて輝き、浜にうち上げられた海草は、まばゆいまでにきらめいていた。

梢は、鏡にうつした眼がゆうべの涙で、すっかりはれているのを見て、あまり泣いた事のない梢は、大いそぎで冷たい水を洗面器一杯にくみ入れて、はれた眼を冷した。でも、心の中では笑っていた。今すぐにも家をとび出して行って、この喜びを黎子に告げ、何処かひろびろした処で、思い切りおどりはねて見たくてたまらなかった。

うれいの雨は
　夜のまにはれて
つきせぬよろこび
　あさひとかがやかん
百合子が小声ではればれと歌いながら、梢がしきりと冷たい水をジャボジャボ云わせている洗面所に入って来て「お早う！」と言った。
「お早う！　今のいい歌ね」
梢はまだ洗面器の中に顔をつけて云う、
「ええ、こんな朝、私いつも思い出すのよ」
「そして、丁度、今の黎ちゃんの事歌っているようだ」
「そうね！」
梢は水のついた顔をあげて、はればったい眼で百合子を見上げながら笑った。
山に遮られていた朝陽がぱっと洗面所を明るく照らし出した。
嵐の去った後の陽は、いつもより一層輝かしく美しかった。

十三、山に遊ぶ

靖彦は八年ぶりで、やさしい母の腕に抱かれた。

その上東条夫人——梢の云うブラック・レディ小母さんは、進んで、曾《かつ》ては、——もう、十五年も前までは、真の姉妹のように睦み合った従姉の娘たち、黎子《れいこ》とこのみを、靖彦と共に、そのあたたかい腕の中に引き取ったことは言うまでも無かった。

それから幾日間か、皆が言いつくされない歓喜に包まれていたかは、皆さんにも、よく想像していただけるだろう。

「おう恭子（黎子達の母）の娘達なら、私の孫も同様じゃ」

今西の御老人は、白髪の頭で大きく頷き乍《なが》ら、静かな微笑とともに始めから斯《こ》う言って、二人の娘等を引取った。その上、今は全く戦場のようになっている日高家に、たった一人で出かけて行って、着々と始末をつけた。

黎子は皆の愛情にすっかり甘え切って、ついこの間までの夢にも思っていなかったような、あたたかい幸福な家庭の中に、疲れ切った体と心を休めていた。

「お祖父様、毎日本当に大変ですのね」

「いやなァに、黎ちゃんは心配せんでいい。安心してゆっくり遊んでいなさい、お祖父さんは斯んな事になれとるからね」

今西の老人は、斯うして毎日、日高家の始末に奔走した。

黎子には、このお祖父さんが少なからぬ支出をして、日高家の財産の整理をしている事も分っていた。けれどそれをかれこれ言うには、あまりに老人の態度は親身だった。それに、まだ十六歳の少女が、そんな事にまで口を出したりするのは生意気だと思ったので黙っていた。ただ心から感謝して、いつまでもこの老人の孫娘として仕えようと心に決めていた。

雇い人は皆相当の手当をして帰された。

特に、五十嵐さんと矢澤さんは、今西老人の心やりで相当以上の事をされて、それぞれ国元へと帰って行った。昨日まで、自分の老後の心配で蒼くなっていた五十嵐さんも、今西老人のやり方には流石《さすが》に感謝した。

「ママ！」

遠くから、活々した声を張上げて走って来る、その白い美しい額、黒い瞳、ばら色に輝く頬――美しく成長した靖彦の様子に、東条夫人の、ほほえんだ眼は潤み勝ちだった。

「ママ！」

このみも靖彦と同じように、「ママ」と人なつこく呼びかけて、母親そっくりの黒いふさふさしたおかっぱをゆり乍ら、黒い眼を活々させて走って来る。靖彦は、いつでもこのみの手をひいて、二人は一緒に居ない事などないと言ってもいい位だった。

「ママ！」

「ママ！」

二人の子は息せき切って、ママの左右の手に一人ずつぶら下りながら、そのこぼれそうにやさしいいえ顔を見上げ、今度は子供同士、顔を見合せて笑った。

「みいみもママって呼んでいいねえママ？　だって、みいみのお部屋のお母様の額はママとそっくりだもの、そして、みいみと僕は兄妹だもの、――」

靖彦が母を見上げて熱心に言うと、母は、二人を膝にのせて、砂丘に坐りながら、その頭をなで、やさしく言うのであった。

「ええ、ようござんすとも」

小さいこの二人はまた、お祖父さまや、洋叔父さんにとっても、可愛くてたまらないものだった。

淋しいほど静かだった松籟荘《しょうらいそう》は、一日中、活々した子供らしい声や笑いに満ちて、それに和する大人の声も、幸福そのものであった。

「私ったら、よっぽど鈍感で、おんちよ、まァ御覧なさいサユリ、松籟荘の小母様と、靖彦ちゃんと、ねえ、何処から何処まで、そっくりじゃないの！　ただ靖坊の方が少し丸くてほっぺたの赤いのが違っている丈けだもの」

梢は、今頃そんな事言って夢中になっていた。そして、梢は靖彦を何時の頃からか、

「セドリック第二世」

と呼ぶようになった。靖彦は、本当に不思議なお品をそなえた、美しい利口な少年だった。母親はよく好んで、この子に青いビロードの洋服を着せた。そんな時、ふさふさした黒い髪、なめらかな白い額、黒い丸い眼に、バラ色の頬、──その面は、いつも明るく輝いて。誰もが、この子の手を引いて歩くのが好きなのも無理はなかった。このセドリックは、いつも自分の肩位のこれも可愛いお人形のようなこのみをいたわって、一緒に引きつれていた。誰もこの仲のよい可愛い二人を見てはほほえまずにいられなかった。

靖彦は間もなく、ナナと同じ組に入学した。譲二とナナ、靖彦とこのみは、朝も四人一緒帰りもきっと待ち合せて一緒に帰るのであった。電車の中でも、「天下取」をして遊ぶ、「アップ・ダウン」をする、「飛んだ飛んだ」をして遊ぶ。この可愛くて元気な四人組は、

何時か江の島電車の人気者になって、誰もがニコニコして挨拶をするようになった。黎子も梢も、この小さい社交家達には目を瞠《みは》っていた。

「セドリック坊や」

梢が斯う呼ぶと、靖彦は何んの事だかわからない乍らも、すっかりその名になれて「え？」とふりむくのだった。その活々した顔は、如何にも子供らしく、もはや以前の高慢さなどかげもなかった。このみの命がけの危険が、すっかりこの子の歪められた性質を元の素直さに還し、それから、深いあたたかい母の愛の中に、淋しい過去は次第に消えてしまった。

秋の夕陽が赤々と浜辺を照らしていた。前を行く四人の子供の影が黒く長く砂の上にのびているのを見ながら、黎子と梢は肩をくみ合せて後から歩いていたが、ふと、何か思いついた梢は、黎子の方に、おどけた横顔を見せて、さて、おもむろに右手をあげ、

「あいや、先に行かるる衆、暫くお待ち下されい」

と凛々《りんりん》としたアルトを張り上げた。

「拙者でござるか？」

譲二はすぐにそう言ってふりかえったが、靖彦とこのみは吃驚《びっくり》して、何がはじまったのかと目を瞠った。

「左様、又競争をいたそうではござらぬか」

「いかにも、よい思いつきでござるな」

真面目くさった梢と譲二の顔をみくらべ、靖彦はたまりかねて不審そうに訊いた、

「お芝居って、そうする事なの？」

ナナは笑って、二人の「オサムライ、ゴッコ」の話をした。靖彦は眼を見張って熱心に、

「僕にも教えてね、面白いんだねえ」

皆は浜で、走りっこ、幅跳び、ボール、とよく運動した。

黎子の頬にも、長い事見られなかった丸みと、バラ色が見え出すようになった。

「よく遊ぶねえ、あんなに遊んでばかりいていいのかしら、少しみんなの夕ガがゆるんでいるようだけど。梢ももう試験が始まるだろうに――」

ママは或日潤叔父ちゃんにこんな事を言った。

「大丈夫ですよ、皆うれしくって夢中なんだから、今少し遊ばせておやんなさい。どうです、この頃の皆のホッペタの丸々している事！　コッペの事はそう心配したものじゃありませんよ、あの子はなかなか要領がいいから、おやっと思う間に、砂丘の上で勉強していますよ」

潤叔父ちゃんは愉快相に浜辺の子等を見やりながら言うと、ママは笑って、

「そうして、おやっと思う間に、もう皆と騒ぎまわっているんだろう？　コッペの事だもの」

「その通り！　その通り！　ハハハハ。いいんでしょうそれで。やる丈けの事はやっているんだから」

「そうかねえ、あんまりタガをはずされちゃいくら呑気なママだって気になるよ」

「いいや、姉さん、家の子は、大丈夫しめるところではちゃんとしめていますよ。でも皆本当に子供で面白いですね」

　潤叔父ちゃんは窓に腰かけ、膝についた手で顎を支えながらえみを浮べている。

「ほんとですよ。私も時々あきれるんだけれど、これでいいかしらと思うのよ。あんまり呑気にのびのびと育てて来たものでね。外の子は勉強の方はまァ自分達でやるけれど、譲ときたらてんで虫ケラの外欲がないんだよ。あれには少しこまりもんだと思うけれど、御当人はすましたもので、『僕は今はガチガチ勉強しないんだ。そんなの先に行って伸びなくなるんだよ、僕は大器晩成なんだから』って、こうだよ、あきれてしまう。誰に教わったんだか」

　ママは潤叔父ちゃんを見て笑うに笑えぬと云った顔だった。叔父さんは窓わくが揺れる程大笑いをして、

「ワハハハ、それはよかった！　ジョッペの傑作だよ。その通りですよ姉さん。大器晩成でいいじゃないですか。どうも早くから大人でわいわいよってたかって、こさえ上げた、子供ほどつまらないものないと僕は、いつも思うんですよ」

「それはそうだね、昔とは随分変って来たわね、私たちの時代には、大人の眼で見た良い子に育て上げようとしたのだから。若い時には、私もその傾向が多分にあったんですよ、その度毎にパパに、お前は自分の型に子供をはめ込もうとするからいけないって叱られたのよ。それから、その子の持って生れたものを、ありのまま伸してやるのが一番いいと思うようになったの」

「そうですね、パパは黙っているけれど、いつも考えていられるんですね、本当にいいパパサンだなァ。いつも僕、ここの家の子供等が、どう言う大人になるか楽しみでたまらないんです。みんな違う何かを一人一人具《そな》えていますものね。みんなありのままで、無邪気で、ママサンの子供丈けあって善良ですね。随分子供っぽい処もあって幸せですよ。大人にはきっと成れるんだから、急いではたから大人にさせる必要など一寸もないと思います。

――僕にも子供があったら、あんな子等がほしいと思いますよ」

潤叔父ちゃんは夕陽の海辺に遊ぶ子等にも一度目をうつして、後の方をやや小声で言い足した。弟を見上げたママの面は急にやさしく、いたわりをこめてしみじみと言った、

「ほんとにねえ、言ったって仕方がないと思うけれど一人でもあればよかった……」

「いけないいけないそんな事言うつもりじゃなかった」

叔父さんはすぐいつものように明るく笑って言った。

「僕あ、こんないい姪や甥があるんだもの、心から満足ですよ」

×　×　×

「みんなは？　馬鹿に家中しんとしてるのね」

それも美しく晴れた秋の午後だった。梢は学校から帰って来て、食堂でお八ツを頬張りながら、物たりなさそうに言った。

「誰がこんないい天気に家になどいるものかね、又昨日から山で新しい遊びを、始めたようだよ。さっきもね、お八ツ丈けじゃお腹がすいて居られないって、譲が靴ごと台所に這い上って、『ママ、腹ペコなんだよ、何か盗んで行ってもいい？』だって。今日のお八ツに沢山こしらえたサンドウィッチの残りのパンくずをね、コペパン（コッペが発明したパンなるによって、名づけらる）を造ろうと思って、ボールに一杯入れといたの、そうしたら、『ママ、いいね、いいね』って私が、いいとも悪いとも云う暇もなく、パンクズとバターとジャムを持って行ったよ！　何かもっと気のきいたものを上げると云ったら、この方がお腹にたまっていいんですと！」

梢はママの話を面白そうに聴き乍ら、お行儀悪くあり丈けのものをつめ込んで、立上ってお茶を飲み、それから、お腹を空かせたチビ達の為に、ベレーの中におみかんを一杯つめて、風のように家をとび出した。

皆さんを再び裏の山へ、お連れしよう。

秋はどんなにこの山を、美しい衣につつんでくれるかわからない。

あくまで青く澄み切った晩秋の空の下には、松の緑の中に、木の葉はもう殆んど、赤、黄、褐色に染め別けられていた。今、紅葉の色は一番美しいが、間もなく、この美しい葉も、松風の吹き過ぎる度に、まるで、みぞれのように、ぱらぱらと散るだろう。

高い空には、鋭い鵯《ひよどり》の声が響き、低い山峡には、終日《ひねもす》頬白やみそさざえが鳴いて居る。

さて、梢は、二段位ずつ段をとび上りながら、上の声に耳をすませた。

「戦争ごっこかな?」

梢は又登った。いつも子供等のあそぶ、山の中腹の一寸した平地に来た時、木のかげに身をひそめて見ていると、例の四人組に、近所の三人の茶目達をまじえて、誰も誰も、帽子に杉の葉を羽根の形にさし、手には、自分達で造った弓矢を持ち、半ズボンの下を、いろいろの布でリボンのように結び、腰には竹の剣を帯びて、どの子も大真面目な威厳のある様子をしていた。

「ロビン・フッド閣下！」

一人の少年がうやうやしく譲二の前に片膝をつくのを見て、梢は「やってるな」とくすりと笑った。譲二がこの間から、ロビン・フッドのお話に、とりつかれている事をよく知っていたから。

「申し上げます」

「うん」

譲二は切株に腰かけたまま、自分の弓を膝に立てて、鷹揚《おうよう》に部下をかえりみた。

（威張ったロビン・フッドだな）

梢は声に出したいところを我慢して、暫くこの遊びを見物しようと思った。

「この近くの森に、悪い人買いが通りかかり、西のお城の姫君二人を、さらい出したと申します」

声高々とここまで申し述べると、少年は、急に小声で、

「今度はいいかい？　ええジョッペ？」

譲二は「よし」と目くばせして見せて、すぐに立ち上り、右手を高くあげて、凛とした声で命じた。

「皆のもの、聞いての通りだ。悪人共の悪だくみを見てはこのロビン・フッド黙って居ら

れぬ、すぐに追駆けて、その人買いをとらえ、姫をおつれするのだ！　いざ、皆のもの！」

まことに勇ましかった。譲二は部下を従え、弓をかざして前のしげみに進み入った。

間もなく、わいわい騒ぎながら、まず第一にプリンセスの洋服を着たナナを横抱きにしたロビン・フッドの譲二がとび出し、次に、これも美しい洋服をきせられた、このみが部下の一人にかかえられて、歓声と共に住家である洞穴《ほらあな》に連れて来られた。

「御気はたしかか、心配される事はない、すぐにもお城にお送り申す」

ロビン・フッドは二人の姫君を介抱し乍ら言うと、気絶した姉姫のナナは、あまりロビン・フッドが乱暴にひきずって来たので、美しい服の裾についた泥を気にして、うすく眼をあけて、その方を見ながら、コックリコックリして見せた。

「あ、これはありがたい。お気づきになったか、おい、レモナーデを持って来て少しお飲ませしろ」

部下がお蜜柑《みかん》を一つもって来ると、ロビン・フッドは皮をむいて、姫君の口に一つずつ投げ込み、自分も一つ二つ失敬して、のこりを部下にまわした。

「もう、眼あいていいの？」

それまで、正直にしっかりと眼を閉じていた妹姫のこのみが、蜜柑を一ふくろ食べてしまった時聞いた。

「そうよ」

ナナがその耳元に囁いた。

この時、又前のしげみがざわめいて、頬を赤くし眼を輝かせた靖彦が進み出た、

「姫をお助け下さって、まことにありがとう。西の城の王子、お礼をいたします」

これは又、生れつきの品位に、静かに頭を上げたところなどは、立派な王子であった。

「これは、ようこそ。今、お連れ申すところでした」

「大へんひどい人買いで、あの手にとらわれては、二度と帰った例はありません、御親切にお助け下さって、厚くお礼を申します」

大層丁重な王子で、又頭を下げた。

「いや、お礼には及びません、兎に角目出度い、御一緒に晩餐《ばんさん》といたしましょう」

ロビン・フッドはにこやかに言って、部下をかえり見、

「祝宴の用意をいたせ！」

「はっ」

「西のお城の王様より、ロビン・フッド様に御礼の果物を御とどけに参上致しました」

口から出まかせの事を言って、梢は皆の前にとび出して来た。

始めは驚いたロビン・フッドやその部下達も、この思いがけないベレー一杯のおみかん

を見ると、大喜びで梢を祝宴の席に加えた。

部下の者共は焚火《たきび》の薪《まき》を集めにかかり、ロビン・フッド自身は、山の別荘番のお婆さんに、マッチを借りに走った。

洞穴の前に焚火がもやされ、王子や姫君や、ロビン・フッドがぐるりと輪になって焚火をかこみ、乾いたのどをおみかんでうるおした。

梢は薄い洋服のナナに、もう我慢せずに外套《がいとう》を着るように言い、ぷるぷるしているこのみを自分のぬいだ外套でよく包み、膝の上にのせて、火にあたった。

「寒くない、みいみ？」

梢は急に心配になって、外套の上からこのみの小さい体をさすりながら聞いた。

このみは大きな外套の中で笑いながら頷いた、

「ぽかぽかして来たの」

「そんならいいけど、仕方がないなァ、又、風邪でもひいたら大変よ」

「今少し寒くなっただけなのよ。さっき、騒いでいた時は暑かったの。だって輝ちゃんが悪者になって、ほんとうにこわい顔しておっかけるんですもの、みいみ、悪者ごっこだって云う事わすれて、本当に一生懸命、にげたのよ。おっかないんですもの」

こんな遊びなど、生れてはじめてしたのだろう、このみの静かだったあの眼は、楽しげにいかにも活々と輝いていた。

梢はついこの間までお姫様のようだったこの子が、いつの間にか土地の子らしく、『おっかない』などと言う言葉を使って話す、その活々した子供らしい様子が、心から面白そうだった。そして、

(こんな処を一眼、あのコチコチ先生の五十嵐さんに見せたいものだ)

といたずららしく心に呟いた。

上の方の茂みが、ざわめいたので、皆一斉《いっせい》にその方を見ると、又、思わぬ人の顔が、薄の中から笑っていた。

「黎ちゃん!」

「何処から来たの?」

「なァんだ、のぞいて見たりする奴は、コッペばかりと思ったら、まだいたよ!」

譲二の声に皆笑い出した。

「あら、御免なさい、だってね、コッチャン、学校の劇位面白かったわねえ」

黎子はやっと皆のいる平地に下りて来ると言った。

「そうそう、なかなかどうして」

「私、何度も下りて来ようとしたの、でも、あんまり皆真剣で真面目なので、今まで我慢

してたのよ」

「何処から見物してたの？」

「そりゃァ、特等席よ、あのあずま屋から」

「用事はもうすんだの？」

「ええ、すっかり。で、コッチャンが山へ行ったって云うから、きっと又あずま屋に夕映見に行ったんだろうと思って登ったら、下でこのお芝居でしょう？」

　陽はもうすっかり、山の蔭にかくれてしまった。目の下の松林が夕映で真紅にもえている。ふと、皆の話が途絶えると、かさかさと肌寒い風の渡るのが聞えて、山鳩のまろい声が山にこだました。彼の音は静かにおだやかである。

「ほら、また鳴いた！　ね？」

　このみは長い外套の袖を振って、耳をかたむけた。

「ああ、いい声ね。山鳩って、斯う、あたたかい平和な声でなくわね」

　梢が云うと黎子は頷いて、

「私あの声聞くと、もう日がくれて、眠るって思うのよ。小さい時から山であの声を聞いているもので、とてもなつかしい——」

「あ、うろこ雲だよ、わァ！　今日のは凄いぞ」

一人の子が声をあげたので、今度は皆空を見上げた。うすい水色の空に、何時湧いたのか、銀色のうろこ雲が東へ、東へ、と流れて行く。

「よく見てて御覧。あれね、今にきっと染まるよ、赤くなって、もも色になって、それから紫色になって、灰色になるんだよ」

靖彦が仰向いたまま、熱心に言う。

「靖彦ちゃんは作文が得意よ」

黎子は梢に丈け聞える位の小声でささやいた。

「ふむ、そうらしい。家のジョッぺとは少し違うと思ってたの」

梢も小声で言って、微笑した。

「ジョッぺさまは、ファーブルって言う人になるんでしょ？　靖彦ちゃんは、アンデルセンやグリムのような面白いお話を書いて、偉くなるんですって。みいみが好きなお話を書いて下さるんですって。アンデルセンは偉かったのよ、自分のお話を、王様や、王妃様の前で何度も読んだのですって！」

このみはあの黒い眼を大きくして、一心に語った。梢も黎子も、ほほえまずにいられなかった。

うろこ雲は次第次第にひろがって、本当に靖彦の言った通り、それは、オレンジ色に染り出した。

「うろこ雲が湧くと、海では鰯《いわし》の大漁だげな——って知っているかい？」

譲二が相模なまりでこんな事を言う。

仰向いている皆の眼に、オレンジ色の雲の波は、次第に桃色に変って行った。

静かな夕方の空に、何処からか、何十羽と知れない四十雀のチクチク云う声が湧き起った。ナナとこのみは、眼をおどらせて立ち上ると、もも色のうろこ雲を横ぎって、数限りない四十雀の群が、可愛い合唱を夕暮の空気の中にまきちらし乍ら、山の彼方へ飛んで行った。

皆はその声が遠くに消えてしまうまで、じっと耳を澄ませていた。どの子の顔も夕映に、輝いて——。

十四、幼き心

隣りの部屋からの、苦しげな呻《うめ》き声に、東条夫人は、はっとして床に起き上った。

部屋には、もう暁のほの白い光が流れ込んでいた。耳をすましたけれど、隣りの部屋はひっそりとしている。夫人は、ほっとして又横になろうとした時、

「あ、あ、ああ、――来て、来て！　ああ」

苦しげに、咽喉《のど》からしぼり出すような、少しかすれた靖彦の声に、夫人は、はじかれたようにとび起きて、子供等の寝室へ入って行った。

「靖彦ちゃん、靖彦ちゃん」

夫人は、うなされている我児を、しずかにゆすぶり乍《なが》ら呼んだ。

「あっ、ああ――みいいみ！　みいいみが！」

靖彦は、眼を半開にしたまま、息がつまるかと思われるように小さい胸を喘《あえ》がせた。

「靖、靖彦、どうしたの、夢ですよ、靖彦、ママですよ――」

母親の唇は、ふるえたが、やさしい声で、靖彦の耳元にささやくと、靖彦は始めて、おびえ切ったように、大きく眼を開いては母の顔をみつめたが、

「靖彦ちゃん、ママよ。どうしたの、夢を見ていたのでしょう」

なつかしい母の声を聞き、あたたかい微笑を見るうちに、やっと我に返った靖彦は、

「みいいみは⁈」

と低い、息づまるような声で訊《き》いた。

「みいみはおとなりに、ねんねしているじゃありませんか」

静かなやさしい声に、靖彦ははっとしたように床の上にとび起きて、自分の隣りを見た。このみは、暁のほの明りの中で、すやすやと天使のように、あどけない顔をしてねむっていた。

「息、息してる?! え?」

母親を見上げたその顔は、眼は、何と恐しさにおびえ切っているだろう。

「まァ靖彦ちゃん、みいみはねんねしているじゃありませんか」

靖彦の心の内を知る由もない母は、唯斯《こ》う言うのが精一杯であった。靖彦は、一瞬間じっと、このみの小さい寝顔を見ていたが、肺の息をみんなはき出すような深い深い吐息をついて、急に母の腕にしがみついて、激しく泣き出した。

「靖彦ちゃん、夢ですよ、みんな夢。まァどうしたのでしょう――」

母親は小さい子の額が、この寒いのに、ぐっしょり汗ばんでいるのに驚いて、そっとぬぐってやった。が、靖彦は、両肩を波うたせて、声をしのんで泣き続けていた。

靖彦の気持が容易に、おさまりそうもないのを見て、母は、夜着につつんで自分の部屋につれて帰った。

「もう泣くのはお止《よ》し、ねえ、靖彦、ママのお床に一緒にねましょう」

ママと一緒にねんね——こんな楽しい事があるだろうか——けれどこの時ばかりは、この言葉も靖彦には何んにもならなかった。

「ママ——ああ、ママ。僕、また、あの時の夢見たの——夢のようでなかったの、……だって、だって、みいいみが、みいいみが……」

胸に顔をうずめて、いたいたしく泣きじゃくりしている靖彦の背を、頭を、撫《な》でながら、この時やっと、何か理由があるのだな——と察する事が出来た。

「あの時の事って。ママにしずかにお話して御覧、きっとよくなりますよ。ね」

靖彦はびっくりしたように、母の胸から顔を挙げて、

「知らないの？　ママはあの事を?!　知らないの？　誰も言わなかったの？　——聞かなかったの？」

「ええ、何んにも知りませんよ、何んの事でしょう？　ママにお話出来ない？」

靖彦は、泣じゃくりをしながら、母を見上げていたが、そのあたたかい、やさしい眼を見て、すぐ、

「僕、僕お話する」

と言った。

靖彦が身をふるわせながら、泣き出しながら、途切れ途切れに語った事をつなぎ合せて、

母親は始めて夏の末のおそろしい事件と、このみの病気の事を知った。

水かさのました冷たい池。厳しい言いつけにそむいて靖彦の漕ぎ出したボート。いやがるこのみの手を力まかせに引張って、足下が崩れて水の中に見えなくなったこのみ。二人の子にとって本当に恐しかった何分間。黎子の救助。水びたしのこのみ。そしておそろしい高熱、このみの病気。危篤。その間の靖彦の心配、不安、後悔——。

すべてを察した夫人の眼にも、涙があふれて来た。どんなにこの子は小さい心を悩ませた事だろう。又それにもまして夫人の心を打ったのは、過ぎ去った事を一言も言おうともせず、まるで何事もなかったように、この子を可愛がっている黎子や、草場家の娘達や、本当の兄妹よりも、もっと靖彦をうやまい、信じているこのみや——の美しい心であった。二ケ月前に、そんな事もあったのか。——母親の胸は今更様々な思いで一杯であった。

「僕、よく、こわいこわい夢見るの、その時の、みいみがもう池に入ったきり——出て来ないの——僕が、わるいんだもの、——」

「でもね、靖彦ちゃん。もうそれは前の事ですよ、もう靖彦はその事がほんとうに悪かったと思っているから、みいみも黎ちゃんも、すっかり許して忘れて下さったのでしょう。だから安心していらっしゃい。ね、みいみは池からも救われて、御病気も癒《なお》って、本当にママも神さまに心から、お礼しますよ」

母は、靖彦の頬の涙を拭ってやりながら、少しふるえる、けれどいつもよりもっとやさしい声でそう言った。

「ああ僕もそうする、――けれど、神さまは、みんなみんな見ていらっしゃったでしょうね、――」

「ええ、見ていらっしゃいましたとも。そして、今、靖彦がほんとに悪かったと思っている事も、誰よりよく御存じですよ」

「そう！」

「ええ」

靖彦の大きな眼に、母はしずかに頷いて見せた。

「じゃ、神さまもみいみのように何んにも、もう忘れたように、ゆるして下さるかしら？」

靖彦は長い寝巻の袖から手を出して、母の膝に置いた。

「そうよ靖彦ちゃん。心から悪かったと思って神さまにお赦《ゆる》しを乞えば、神さまは、すっかりゆるして、忘れてしまって下さるの。それだから、安心していらっしゃい、神さまはそれはおやさしい方ですよ、悪いと知って来る子には、何んでもゆるして下される方なのよ。だから、もう決してそんな事のないように、お守り下さるようにお祈りしましょうね」

靖彦はもう泣いてはいなかった、その大きな涙のたまった眼で、じっと母を見上げていたが、

「僕、胸につまっているのが取れたよ」

と熱心な小声で言った。

「ああ、よかった事ね」

母の声はしみじみとあたたかかった。

靖彦は、大きな夜着の中で、「僕の大好きなエス様」に、もうあんな恐しい事のないように、そして悪かったことをみんな許して下さるように、又ママや大きい人達の言う事が守れるように、――とお祈りした。そして、母親のお床の中で安らかに眠りついた。

母親はじっと美しい我児の寝顔を見つめながら、この小さい心が、どんなに痛んでいたかを思って、涙はとめどなく頬を洗い去った、そしてどうか、この子が一生「僕のエス様」の中に、心の平安を得てくれるようにと熱い祈りを捧げるのだった。

次の日、浜でこのみと遊んでいた靖彦は、急に思い出したように、このみに走りよってその肩に手をかけながら、

「ねえみいみ、僕、大きくなっておじいさんになるまで、みいみを可愛がって、やさしくして上げるよ。みいみの好きな事は何んでもするよ。みいみ何が好き？　大きなお家？

お話?」

このみは、くりくりした眼を上げて、あまりお兄ちゃまの熱心な様子に、真面目に考えなくてはなるまいと首をかしげながら、

「みんな好きだわ、でもお家は、あの松籟荘が一ばん好き。靖彦ちゃんのお話も大好き、お人形もお花も鳥も大好き。でもお人形は、今持っている、ロティちゃんが世界中で一ばん可愛いし、お花も鳥も沢山その辺中にあるし――みいみの一とう好きな人は、みんなみんないるし、――ほら、ほしいものなんかないわよ!」

このみは自分で驚いたように言った。

「だって何かほしいものあるでしょう?」

「ああ、一つあるわ、とってもとってもほしいもの――」

「何に?」

「ほら、木の竹で造った小屋よ。ジョッペ様のお家にあるようなの」

このみの眼は大きく活々《いきいき》とし出した。

「それ、何《ど》うするの?」

「お家ごっこするのよ、みいみがママになって、ロティちゃんがみいみの赤ちゃんで、二人で住むのよ」

このみの小さい蕾のように可愛い唇が、いかにも愉しげにほころびて、小さい小さい白い歯が陽に光った。

「いいねえ！　みいみママになるの？　僕、ジョッペ君に教えてもらって、木片を集めて造って上げようね？」

「ほんと?!　うれしいなァ」

このみは、両手を兎のように耳のところに振って、砂に上をおどり歩いた。

「みいみ、あのお池に落っこちた事、思い出さない？　こわい夢見ない？」

暫くして靖彦が心配げに聞くと、このみは兎のおどりを止めて、一寸真面目な眼をしたが、すぐに、

「みいみ、あんまりうれしい事があったもんで、もうあの事忘れてたの、――」

そう言ったかと思うと、そっと靖彦の耳元に囁いた。

「靖彦ちゃんは前から好きだったのだけど、みいみ御病気になってから、もっとやさしくなって、好きになったの。だから、みいみお池に落っこちてもよかったの」

そして、又前よりもっと愉しげに、暖かい砂の上で、兎さんのようにぴょんぴょん踊りはねていた。

踊りに合せて、その黒いふさふさした髪もはね上る、頬はバラ色に上気して、蕾のよう

な昼がえみこぼれて、——可愛いみいみ——。

× × ×

ナナはこのみと二人で、みかん箱の中に、小さいお人形を数人入れて、居心地のよい居間だの、応接室だのを拵《こしら》えた。

「ねえ、このお人形がみんな生きていて、このドアから出たり、口をきいたりすると、いいわねえ！」

このみは、鋸《のこぎり》で半日がかりで開けた、不細工なドアから、お人形の母さんをお買物に出かけさせて——と言うと、ナナは、

「グリムのお話のように、魔法使いや、妖精が出て来たら、出来るかもしれないわよ」

と真面目で答えた。

「でも、もしかもしかすると、このお人形たちもお話の中のように、私達のねんねしている間に丈け、そっとお話したり、楽しく遊んだりするのかもしれないわねえ」

このみは、夢のような眼をして、お人形の家族たちを見ながら呟いた。

「じゃ、こうしてすっかりカーテンをしめ切って、夕方まで二人で、どうぞこのお人形が小人になりますように！　ってお祈りしましょうよ。明日の朝そっと来て見たら、お人形が小人に変っているかもしれないわよ」

ナナは全く熱心だった。それを聞いたこのみの眼もおどった。

二人は庭の隅にみかん箱の家を運んで行って、其の前にしゃがんで熱心に祈った。

「どうぞ、中のお人形さんが小人になりますように！」

「あしたの朝までに、小人にして下さいませ」

或時は眼をつぶり、或時は大きく眼を開いて、二人は夢中だった。その丸い四つの黒い眼は、神秘な夢の国にさまよっていた。

二人は長い事その前にしゃがんでいたが、暮れ方になるとやっと立ち上って、ほんの一眼見たいのをやっと我慢して、とばりのおろされたみかん箱に気をひかれながら家へ帰った。明日の朝早くナナがそっと行って見て、このみに知らせると約束して。

その夜、ナナは少しも落ついていなかった、もしかすると、今頃はもうお庭の闇の中で、お人形たちが小人になって、そっと楽しいお話をし合っているかも知れない。一目見て来ようかしら、――ナナは何度も廊下の小窓から、外をすかして見ては、譲二に不審がられた。

「ナコチャン、寒いのに、何に廊下に立っているの、お入りよ。今夜は御勉強はいいの？」

ママの注意で、やっと居間に入って来ても、あっちへ行ったり、こっちへ来たり、そわそわしていた。

今日の夕方、何もかも見て知っている梢は居間のテーブルで百合子に手紙を書きながら時々、ナナのその真剣な面を見やりながら、又うつむいてペンを走らせ、唇をかんで笑いをかみ殺している様子だった。

「ナコ、少しじっとしていてくれよオ、ザワザワ動かれるもんで、計算が、滅茶滅茶に、なっちまったじゃないかァ」

譲二が、鉛筆で頭をコッコツ叩きながら声を立てた。

寝仕度をするとナナは、そっと台所に行って、ママさんに、明日の朝内証で早く起してくれと頼んで床に入ったが、すぐ、あのみかん箱の中のお人形がみんな小人になって、動いている長い長い夢を見ていた。

翌朝、まだうす暗い内に眼を醒《さま》したナナは、大急ぎで外套を着て、こっそり台所の鍵をはずして外に出た。

海辺と言ってももう十一月であった。まだ日の登らない林の中は、うす鼠色のもやがかかってナナの小さい口から出る息が白く見えた。四方はまだ寝しずまっていて、波の寄せるおだやかな音だけが聞える中に、ナナは出来る丈け足音をしのばせて、みかん箱によった。

もしかしたら、ひそかな話声が聞えるかも知れない――ナナはそう思って、少し離れたところにしゃがんで耳を傾けた。カーテンの下りたみかん箱の家は、朝つゆにぬれてひっそりとしずまり返っている。聞えるものは、次第に高まるナナの小さい胸の動悸と、朝の大気に伝わるしずかな波の音ばかり。

ナナは思い切って、そっと屋根をはがして見た。

小人になっていますように！——

けれどナナの眼には、ゆうべの通り、母さん人形は買物の籠を下げたまま、子供の人形は、ずらりと椅子に並んだまま、どのお人形も、じっとして、湿っぽく冷たくなっているだけであった。

ナナは、何度も見直した、けれど、どのお人形も身動き一つしようとしなかった。しばらく屋根を持ったままじっとみつめていたが、やがて、吐息をついて、そっと屋根のふたをすると、急にぶるぶるとふるえて首をちぢめながら、こっそり元の台所から入って、二階のあたたかいお床の中にもぐり込んでしまった。

「そんな筈ないのだけど、みいみはどんなにがっかりするだろう。何んと言おうかしら。でも、もしかすると、私がゆっくりしたから、その間に、又元のところに帰ってお人形になってしまったのかもしれない。きっとそうだ、大急ぎで、サッと屋根を取れば、まだ動いてお話していたかもしれない——」

ナナは、どうしても、あのみかん箱の中のお人形達が、夜の内は小人になっていたのだと信ぜずにはいられなかった。

十五、焚火をかこみて

「信号旗が挙ったよ！」

美しい晩秋の夕方だった。砂丘に立っていた梢《こずえ》が、両手でメガホーンをつくって庭の小さい二人に声をかけた。

「何んだって?!　何んだって?!」

二人はすぐ走って来て砂丘から松籟荘《しょうらいそう》を見上げた。松籟荘は今、明るい金色の夕陽をうけて、西側の白く切り立つ絶壁の上には、Ｍ・Ｂ・Ｃ・の縫取をした旗がひらひらと掲げられ、その下には黎子と小さい二人が立っていた。

間もなく、黎子《れいこ》は両手に三角旗を持って、信号を送り出した。

「判るかい？」

「モチ。いい。えーと、イ・イ・ユウガタデスネ——ふーむ」

　梢は、潤叔父ちゃんに習ったばかりの、黎子の送る両手の信号を読んだ。

「オイシイオイモガ、タクサン、オクッテ、キマシタカラ——スグ、イモヤキ——シッ、だまって‼——シマショウ——」

　信号が終ると譲二とナナは、大声を上げてとび上った。

「コッペ、早く、賛成って云うんだよ！」

「そうそう」

　梢は笑いながら、かかえていた二本の旗をもって、

「アリガトウ、サンセイ！」

と送ると、三人共両手をふって、おどり上って見せた。夕陽を一杯うけた絶壁の上の三人も、一斉に手をふった。

「ジョッペ、シッ！　まだあるのよ、え——、コレカラスグニ——ユウハンヲモッテ——ハマヘユキマ——ショウ——か」

「何んだって？　夕飯？　夕方のお弁当かい？　面白いなァ」

「ね、すぐ仕たくしましょうよ、ね？　サユリに言って来よう」

　ナナはころがるように家に走った。

浜を吹く風は、もう随分冷たかった。けれど、晩秋の美しい土曜日の夕方、静かに暮れてゆく夕空や、富士、箱根の山々を遠くのぞみ、近くには静かな波の音を聞き乍《なが》ら、あたたかい焚火をかこんで話し合ったり、歌ったり、砂の竈《かまど》の中にふっくりと蒸焼きにされるお芋を待つ——。海辺に育った子供等にでさえ、一年に幾度こんな楽しい遊びがあるだろうか。——書きながら筆者の心もあの静かになつかしい音無川の流れのほとりの砂浜にとんでいる。

間もなく、嬉々とした子供等の声と共に、松林から皆の手で、山のような枯枝が集められ、M・B・C・の旗の下に、焚火は高く焔《ほのお》を上げて燃え出した。

赤い秋の陽は今、箱根の山の端に沈もうとしている。楽しい夕食を開いている総勢十人は、ぐるりと焚火をかこむ大きな輪を作って、どの顔も、——大人も子供も、夕陽と焔とに紅々と輝いていた。

総勢十人とは誰々の事か、御想像がついていられると思うけれど、数え上げれば、松籟荘の東条の小母さまと、洋叔父さんと、丁度よく遊びに来た潤叔父ちゃんと、百合子と梢と黎子と、譲二とナナと、靖彦とこのみとである。

「もうお芋入れたらいいですよ」

「あら？　まだ入れなかったの?!　焚火を拵《こしら》える前にならべて、上から少し砂をかけて、その上に火をもやすのよ」

もう、長年の経験者の梢が言った。

「そうでしたの？　まァ失敗してしまった、すみませんでしたわね、あなた方がみな薪をとりに行っておしまいになったもので、この新米さんわからなかったのよ」

小母さんは洋のかついで来たお芋の袋を逆にしたので、砂の上にふとったお芋が山になった。

「このまま、もぐらせれば同じでしょう？　大丈夫だわ」

百合子の言葉に、皆手わけをして、それぞれ自分の前に、一番おいしそうなふとったのをもぐらせた。どの顔も笑っている。

「サユリ、去年の二度目の芋焼きの事覚えてる？」

梢は笑いながら隣りの百合子に話しかけると、百合子も、思い出したように笑い出して、

「そうそう、あんまり食べ過ぎて、その晩、皆かわり番に水飲んで、次の日は御飯もろくに入らないで——」

「ママが、目を丸くして呆れたっけね。ほら、夜なんか、食べ過ぎたジョッペが、うんうん唸り通しだったじゃないの！」

黎子と梢が笑うと、譲二はうらめしげに睨んで、

「よせやい、楽しい時にそんな事言うもんじゃないぞ。あの時は人数が少なくて、おいもがホカホカして、勿体ないから食べてやったんじゃないか」

焚火の輪は、愉しげな笑いに満ちた。

「皆さんから、学校の楽しい出来事でも話して下さらない？」

これは小母さまからのお願いだった。

「ねえ、一寸《ちっと》も楽しいんじゃないんだけど、今日ね、作文の時間に」

靖彦が、いつもの熱心な調子で話し出した、

「花岡君が、童謡を読まされたんだよ、そしたら大層、僕上手だと思ったのだけど――先生は、お風呂はコロロン、ロロロンなんて沸きませんって云うの、でも僕、さっき、お風呂場へ行ったら、いろんな歌に聞えるんだよ、泣いているみたいな音だの、歌っているみたいな音だの、いろいろの音がしてたよ！　ねえ？　先生はきっと大人の男だから、お風呂の沸くところなんか、聞いた事ないんでしょう。ねえ、ナコチャン、あの歌は上手だったねえ？」

「ええ、とっても！　それでね、花岡さんは帰りに、ベソかきそうだったの。だって、どうしたって、私の家のお風呂は、コロロン、ロロロンて音を立てて沸くんですものって、言ってたわよ、私も、今度聞いて見よう」

小さい二人の同級生は、真面目な顔をして考え込んだ。

「まァ何んて、非音楽的な先生でしょう」

梢は眉をひそめて溜息をした、その声はひくくって、両隣りの百合子と黎子に丈けしか聞えなかったけれど。

「そうね、きっと、お風呂は歌ったのでしょう、でも、先生は御存じなかったのでしょう。ママも知っていますよ、あのお風呂の沸く時の、小さいなつかしい声ね」

小母様はそう言ったので、二人の子はそれで満足した。

「大人に聞えない音楽を、子供は聞きわけるんじゃないかしら？」

黎子が言ったので、百合子は、

「きっとそうなのね、子供は何とだってお友達になれるのね。お風呂からでさえ歌を見出すのですもの。大人ときたら、はじめっから、そんなもの歌いっこないときめてかかるから、せっかくの音楽も聴きのがしてしまうのだわ、きっと。私も今度お風呂の沸くの聞いて見ましょう」

「ほんと、サユリならいい先生になれるに相違ない。大人もも少し、物語めく、といいんだけど」

梢が可笑《おか》しな形容詞を使ったので、大人達は面白がった。

「黎ちゃん、さっき、面白い話をするって云ってたのは何に？」

潤叔父ちゃんの凛《りん》としたバリトーンが、焚火の焔の向う側から上った。

「ああそうそう、お話しましょうか。コッチャン、かんにんかんにんよ」

黎子は梢がまだ何の事だか、わからない内に話し出した。

「今日ね、私達、学校の馬場に出ていたの、そしたら、小さい可愛い女の子が、急に走って来た馬を見て、土手の上に立ってワッと泣き出したの」

「こいつ奴《め》」

梢はすぐ思いついたらしく、黎子を横目で睨んだので、黎子は笑いながら、親友の肩に左手をかけて話しつづけた、

「コッチャンは、それを見ると、大いそぎで走って行って、泣いている子を抱き上げて、『こわくないのよ、おとなしい馬よ、ほら、いい子！　いい子！　泣くんじゃないよ』って大声であやしたの、そしたら、足下がつるりっと滑って、少し泣きやんだ子を抱いたまま、まころげて、女の子は額をぶって、もう火のついたように、前より一層ひどく泣き出してしまったの。コッチャンは、『ああ、こまっちゃう――どうしよう――』って、女の子を抱いたまま、泣きそうな顔して私達の方に応援をもとめたの。私達ね、いかにも、コッチャンのやりそうな事だって、可哀そうなのも忘れて、笑ってしまったの」

睨んでいた梢も、とうとうふき出してしまうし、皆も目に見えるようだと笑い出した。四方はもう黄昏《たそが》れて、話声や笑声が止むと、秋の浜辺は寂としてしずまり返り、焚火の燃えるかすかな音と、なごやかな、リズミカルな波の音は、四方の沈黙《しじま》を一層深めるばかりだった。

が、この寂寥《せきりょう》もほんの一瞬間で、すぐに、子供等の、活々した声でやぶられた。

「やァ、コッペの顔がもう見えなくなったよ！」

頓狂な譲二の声に、梢は明朗に、

「色黒きコズエは早く暮れてけり」

その、アルトの良い声で詠み上げた即興歌は、又も皆の笑いをさそった。

「ジョッペもだぞ。あ、そう言う自分も、一番先に、暮れる色をしていたっけ、ハハハ」

そう云った潤叔父ちゃんの笑い声は、一番高かった。

「僕も、『とく、暮れてけり』の方だな」

洋もそう云って笑った。

「そうだそうだ、いいな、潤叔父ちゃん、洋叔父ちゃん、コッペ、僕！　戦争したら断然、黒色組、エチオピアが勝つぞ！　第一、早く暮れるから、夜襲《やしゅう》には持ってこいだぞ」

砂の上に可愛い胡坐《あぐら》をかいた譲二は、白い歯を見せて得意である。

「女子は一人か」

梢は、長いスカートに両足を包みながら、嘆息した。

「そうさ、実際コッペは黒いぞ」

「これでも、生れた時は、それはそれは白くって、お祖母ちゃまなんか、こんな蒼いすきとおる肌をして、この子は育つかしらと思ったのだってよ」

梢の言葉は、冗談とも真面目ともつかず、しみじみとしていた。

「ふーむ、何時から黒くなってしまったの、日に焦けたの？」

このみが向うから、真面目に無邪気に聞いたので、梢は

「知らない、何時からでしょうねえ――まァ小母様も、黎ちゃんも、サユリも、セドリックも、みいみも、ナナも、皆んな暮れ残っていて、白い花のようよ。私は、余程お話的でないのよ。だってね、秋の黄昏れなんか、お話の中の女の子だと、いつまでも、白いその顔が、くっきりと浮び上っているんじゃない？『彼女の色は黒く、も早や、夕闇の中に暮れて――』なんて、台無しじゃないの。やっぱり、私は漫画的存在なんだわ」

梢は、自分の云う事に、自分も笑い、人も笑わせる。

「でも、コッチャンが白かったら、一寸も私のコッペでなくなるわ、コッチャンはやっぱりこのまんまがいいの、この黒いコッペが好きよ」

百合子は小声でしみじみ斯《こ》う言って、妹の肩を抱いた。

「ほんとう！」

黎子も心からそれに賛成した。

「大丈夫よ、みんな御親切に、この顔の漂白法を教えてくれるけれど、コッペ、気のたしかな内は、袋の中に黒砂糖を入れて、顔をこすったりはしないから」

梢はそう言って、夕闇の中にほほえんだ。

梢は実際誰もが、気にする位、浅黒かった。けれど、世の中のこの位の女の子のように、梢は少しもそれを苦にする様子もなかった。「エチオピア」と云われようが、「黒ん坊」と云われ様が、一向平気で笑っているような、さっぱりした可愛い子だった。実際、梢は可愛い子だった。色が黒いままで可愛いかった、黒い眼、よくとおった鼻、きりりとした口元、よく笑うその唇から、真珠色の美しいよくそろった歯並がこぼれて――、
月はまだ出なかった、けれど美しい藍色の空には、もう無数の星がまたたき出して、小さい子供達は、洋叔父ちゃんに星のお話をせびっている。

「今年のクリスマスは、お仲間が大勢で、何か素晴らしい事が出来そうだね」

と潤叔父ちゃんが言い出した。

「それァ、もう！」

百合子、梢、黎子の三人は、一斉に、はずみそうな声を挙げ、もう三人の間には大分、相談も整っているらしく、愉しげに顔を見合せていた。

「まァまァ楽しみですこと！」

「今年は、随分大々的なのよ。そうそうあの事も、もう始めなくちゃねえ」

三人はそこであらためて、潤叔父ちゃんにはセロを、洋にはバイオリンを弾いてくれと頼んだ。Ｍ・Ｂ・Ｃ・全員のコーラスに、大きい人丈けの四重唱に、黎子のピアノの独奏に、潤叔父ちゃんと洋と百合子のトリオに、等、楽しく相談は進められた。

「劇もするんでしょう?」

「勿論！　今サユリが創作中よ。それから――」

梢は、しゃべりかけて大急ぎで、口を結んでしまった。劇丈けは、その当日まで、絶対に秘密なのである。

お芋がおいしく焼けると、焚火の火は又高くされ、赤い火に顔をほてらせながら、ゆげの立つほかほかのおいもを食べるのだ。

小さい子供達の口の動くこと動くこと。目を細くして、お互いに見合いながら、ふうふう、はァはァ言って食べる様は、ただ見ている丈けでもどんなに楽しい事だろう。

「靖坊もみいいみいいも、生れて始めてだろうなァ」

両頬を、おちそうにえませて、あつい お芋にかじりついている二人の子を見て、若い叔父さんは、愉快げに微笑んだ。

「ほら、お祖父ちゃまですよ、一人で退屈なさったのかしら？」

小母様の声に、皆一斉に松籟荘の方を見上げると、暗い中腹のあたりで、懐中電気で、円をこしらえて、こちらに信号を送っているのが見えた。

「お芋がほしいかな」

靖彦の言葉に、皆思わず笑わされた。

「こっちでも返事して上げましょう」

梢は、先の方がポッポ燃えている、薪をぬいて、松明《たいまつ》のように高く上げて、ゆっくりふって見せた。松籟荘の絶壁の上からも、それに答えて、赤い小さい灯が、左右にふられた。

子供等は大喜びで、とび上った。

何か、歌おうと云う洋の提案で、子供等も知っているやさしい歌が、焚火をめぐって、元気に、愉しげに星空にとあがって行った。

「サユリ、あのニグロの歌を、やさしいから皆に教えてくれない？」

今度は何にしようと言っている時、梢が、急に、口を入れたので、皆、是非そうしてくれと言った。いつもなら決して、こんな多勢の前で歌など歌う百合子ではないのに、今夜は、一層その頬をバラ色に輝かせて、小鳥のように活々と楽しげだった。

「そうね、あれならすぐ歌えるわ。ねえ、学校のアメリカのおばァちゃん先生に教えていただいたの。ニグロが、その日の仕事を終えて、森の中などで焚火をかこって歌う歌なのですって、——コッチャンも一緒に歌って」

梢はよく知らなかったが、百合子に頼まれるまま、一緒に小声で唄った。百合子の声は澄んで、あたたかくいかにも可愛い声だったし、梢のアルトも静かに綺れいな声だった。二人はよく気が合うように、唄もいかにも、しっくりとして、耳をかたむけている誰もの心をあたためるように思われた。ニグロの歌は、単純なものだったが、何か、なつかしい唄であった。皆、よろこんで百合子に練《なら》って歌った。

I have a Father in the Promised-land,
I have a Father in the Promised-land.
My Father calls me, I must go
To meet Him in the Promised-land.
I'll away, I'll away to the Promised-land,
I'll away, I'll away to the Promised-land!
My Father calls me, I must go

To meet Him in the Promised-land.
(意訳──私には約束の地に一人の父がある。父は私を呼んでいる。彼に逢いに行かなくてはならない。さァ行こう約束の地に！)
大人達は英語で歌い、子供らはメロディーをラララで唄った。
歌はよく合った。子供達は──譲二と靖彦が、胡坐をかいて、枯枝を眼の上でふってタクトを取ると、ナナやみいいみまで、自分の両手の可愛い人差指を、眼の上にふり、首をふりふり唄う。
ラ、ララ、ラララララ、ラ、ラ、ラ、──ナナはそれをかえて唄った、
ティン、ティンカ、ティンカラ、ティンティン、リン、ラン、ロン、
タンタラ、リンラ、ルンロ、リン、ラン、ロン、
それは丁度鈴のようで美しかった。
黎子は愉しく唄いながらも、涙ぐんでいた。
彼女もまた、約束の地のなつかしい父の上を想っていたのである。
歌には、しずかな波の音が伴奏をつけてくれた。
遠く左右には江の島と逗子葉山の灯が、赤くまたたき、波間にふるえ、焚火の丁度正面には、岬の灯台の蒼白い灯が、ピカリ、又、ピカリと時をきざんでいる。

空の円天井はもう全く暗くなり、星は、この浜の砂をまきちらしたかと思われるまでに、次第に数を増し、輝きを増して行く、恰《あたか》もそれは、この地上の焚火の輪から登る愉しい合唱に和するかの如く、またたいていた。

百合子の小鳩のような眼も、この夜は、星のように奇《く》しく輝いている——梢は一人心にそう思った。

✦パール文庫の表記について

古い作品を現代の高校生に読んでもらうために、次の方針に則って表記変えをした。

①原則として、歴史的仮名づかいは現代仮名づかいに改め、旧字体は新字体に改めた。

②ルビは、底本によったが、読みにくい語、読み誤りやすい語には、適宜付した。

③人権上問題のある表現は、原文を尊重し、そのまま記載した。

④明らかな誤記、誤植、衍字と認められるものはこれを改め、脱字はこれを補った。

✦底本について

本編「七つの蕾」は、『七つの蕾』（ヒマワリ社、昭和24年）を底本とした。

✦パール文庫作品選者

江藤茂博〈えとう・しげひろ〉

長崎市出身。高校や予備校の教師、短大助教授などを経て、現在は二松学舎大学文学部教授。専門は、文芸や映像文化さらにサブカルチャーなど。受験参考書から「時をかける少女」やミステリー他の研究書まで著書多数。

✦表紙・本文イラストレーター

市川実希〈いちかわ・みき〉

広島県在住のイラストレーター。リアルなキノコストラップのガチャガチャにハマっているが、何故だか毒キノコしかでてこない。代々木アニメーション学院イラストコンテスト入賞者。

パール文庫《ぶんこ》
七《なな》つの蕾《つぼみ》

平成25年10月10日　初版発行

著　者　松田《まつだ》　瓊子《けいこ》
発行者　株式会社 真　珠　書　院
代表者　三樹　敏
印刷者　精文堂印刷株式会社
代表者　西村文孝
製本者　精文堂印刷株式会社
代表者　西村文孝

発行所　株式会社 真　珠　書　院
〒169-0072　東京都新宿区大久保1-1-7
電話(03)5292-6521　FAX(03)5292-6182
振替口座　00180-4-93208

ISBN978-4-88009-605-6
Printed in Japan
カバー・表紙・扉デザイン　矢後雅代
イラスト　市川実希（代々木アニメーション学院）

「パール文庫」刊行のことば

「本」というものは、別に熟読することが約束事ではないし、ましてや感想文や批評をすることが必然なわけでもない。要は面白かったり、楽しかったりすればいいんだ。そんな思いで「本」を探していたら私が子供のころに読んだ本に出会った。

その頃の「本」は、今のように精緻でもなければ、科学的でもない。きわめていい加減だ。でも、不思議なことに、なんとなくのどかでほのぼのとして、今のものとは違うおおらかさがある。昔の本だからと言って、古臭くない。かえって、新鮮な感じさえするし、今とは違う考え方が面白い。だから、ジャンルを限定せず、勇気をもらえたり、心が温かくなるものをひろって、シリーズにしてみたいと思ったのが「パール文庫」を出そうと思った動機だ。

もし、昔の本でみんなに読んでほしいと思う作品があったら推薦してほしい。

平成二十五年五月